SOKIN 장편소설
FUSION FANTASTIC STORY

코더 이용호

코더 이용호 1

SOKIN 장편소설

초판 1쇄 찍은 날 § 2017년 6월 7일
초판 1쇄 펴낸 날 § 2017년 6월 14일

지은이 § SOKIN
펴낸이 § 서경석

편집책임 § 김경민

펴낸곳 § 도서출판 청어람
등록번호 § 제387-1999-000006호
등록일자 § 1999. 5. 31
어람번호 § 제1-2710호

주소 § 경기도 부천시 부일로 483번길 40 서경B/D 3F (우) 14640
전화 § 032-656-4452 팩스 § 032-656-4453
http://www.chungeoram.com
E-mail § chungeorambook@daum.net

© SOKIN, 2017

ISBN 979-11-04-91354-9 04810
ISBN 979-11-04-91134-7 (세트)

코더 이용호

7

SOKIN 장편소설

FUSION FANTASTIC STORY

도서출판 청어람

Contents

코더
이용호

Chapter 1

진짜, 가짜

프로그래밍 언어 학회에서 유명한 곳을 꼽으라면 두 곳을 말할 수 있다.

POPL(Principles of Programming Languages).

PLDI(Programming Language Design and Implementation).

이름에서부터 둘의 차이가 나타난다.

POPL이 프로그래밍 언어의 원칙과 이론에 주안점을 둔다면 PLDI는 구현 쪽에 무게 추가 더 기울었다고 할 수 있다.

용호 역시 그러한 성향에 맞추어 발표를 준비했다.

소프트웨어 분석에 관한 이론을 발표하는 중간마다 실제 시연이나 구현 부분을 미리 준비해 둔 것이다.

"그래서 준비했습니다."

용호가 인터넷 창을 하나 띄워 자사의 홈페이지로 들어갔다.

"보시는 화면은 현재 저희 회사에서 서비스하고 있는 프로그램 분석 툴입니다. 이곳에 한번 Find Bugs Tool을 서비스하고 있는 사이트 주소를 넣어보겠습니다."

순간 누구 하나 쉬이 떠드는 사람이 없었다.

자리에 참석한 사람 모두가 알고 있었다. 지금 바로 옆 강연장에 용호가 넣고 있는 도메인의 사장이 와 있다.

용호는 사이트 주소를 한 자씩 완성시켜 나갔다.

Click.

용호가 마우스 왼쪽 버튼을 클릭하여 분석 버튼을 눌렀다.

Analyzing······.

진행 중임을 나타내는 아이콘이 빙글빙글 돌아가기 시작했다. 오히려 스크린을 보고 있는 사람들이 긴장되는지 혀로 입술을 적셨다.

뒤쪽에서는 웅성거림이 시작되었다. 굳게 닫혀 있던 문이 열리며 하나둘씩 사람들이 들어섰다. 장내에서 벌어지고 있는 상황이 주변으로 퍼져 나가며 사람들을 모으고 있는 것이다.

두 회사가 경쟁하듯 학회에 참가한 상태다. 더욱이 한쪽이 상대방을 까기 위한 자료를 준비한 상황.

흥미진진한 그림이 연출되었다.

이미 결과를 알고 있는 사람도 개중에는 있었다. 용호가 제공하고 있는 서비스를 구매하여 호기심에 이런저런 시도들을 해본 사람들이다.

"아마 몇몇 분들은 결과를 알고 있다고 생각하실지도 모르겠습니다. 하지만 현재 저희가 제공하고 있는 서비스는 일종의 베타 버전입니다."

아직도 결과가 나오지 않은 화면을 보며 용호가 말을 이었다.

"프로그램에서 발생 가능한 모든 버그가 추출되는 것은 아닙니다. 제가 지금 접속한 마스터 계정이 이전 버전과는 또 다른 차원의 분석을 해내는 프로그램이라 할 수 있습니다."

용호가 말을 이어가는 순간 진행 중을 알리는 아이콘이 멈추고 화면에 분석 결과가 나타났다.

"보시다시피 상당한 양의 버그가 보입니다. 아마 이 프로그램을 사용하시는 소비자들이 꽤나 불편해하고 있을 것이라 생각됩니다. 그러면 여기에 저희 사이트 주소를 넣어보겠습니다."

잠시 후 나타난 결과는 이야깃거리 자체가 없었다.

"보시다시피 한 건도 없군요."

그때 뒤에서 누군가 손을 들었다.

*　　　　*　　　　*

생각보다 발표는 길지 않았다. 단순한 회사 소개. 어차피 그 이상 할 수 있는 일도 없다.

강경일은 알고리즘을 이해하고 있지 못했고, 그걸 설명할 자신은 더더욱 없었다.

십 분 만에 회사 소개가 끝나고 스티브가 설명을 시작했다. 마침 옆에서 용호가 발표를 하고 있었다.

'무슨 이야기를 하는지 들어는 봐야 되겠어.'

근래 부딪치는 일이 많았다. 그래서인지 호기심이 생겼다. 바로 옆에 있었기에 그리 오래 걸리지도 않았다.

그리고 와보길 잘했다 생각했다.

'하여간 내 이럴 줄 알았어.'

강경일도 용호가 시연 중인 서비스를 확인했다. 그런데 결과가 자신의 생각과는 달랐다.

'뭐야, 회사에서 테스트해 본 것과 다르잖아.'

뭔가 이상했다. 분명 자신도 회사에서 테스트를 해보았다. 용호의 회사에서 제공하는 서비스에 자사의 주소를 넣고 결과를 확인해 보았다.

그걸 참고해 몇몇 버그를 수정하기도 했다.

분명한 한 가지는 저 정도 양의 버그가 발견되지 않았다는 것이다.

'말도 안 돼, 말도 안 돼.'

이대로 두면 끝이다.

PLDI에 모인 사람들은 일반인과 다르다. 그들 사이에서 퍼진 소문은 자신의 힘으로 막을 수 없다.

그리고 그들의 한마디는 기존의 미디어를 능가하는 면이 있다.

SNS에 거느린 팔로워들만 해도 수십만 명이 넘어가는 사람도 있었다. 더 이상 지체할 수 없었던 강경일이 손을 들었다.

"다른 프로그램 분석기에서도 돌려봐야 하는 거 아닙니까?"

"물론입니다. 해봐야죠."

용호는 빠르게 답했다. 그리고 강경일을 보며 웃고 있었다.

분명 웃고 있었다.

이제야 강경일도 웃을 수 있었다. 결과는 생각대로였다. 자사의 사이트에 Fixbugs의 주소를 넣고 치니 버그가 튀어나왔다.

'그럼 그렇지.'

결과는 자신이 받아본 보고서와 동일했다. 용호의 사이트에 버그가 있는 걸로 결과가 출력된 것이다.

"그쪽도 만만치 않은 것 같습니다."

강경일이 이제야 여유를 찾은 듯 편안하게 말을 이어갔다.

"어서 가서 버그를 수정하셔야 하는 것 아닙니까?"

"그럴 필요 없습니다. 왜 그런지 아십니까?"

강경일을 보는 용호의 웃음이 한층 더 짙어졌다. 용호의 질문으로 사람들의 시선이 문 근처에 서 있는 강경일에게로 쏠렸다. 갑작스러운 사람들의 시선에 당황스러웠지만 침착하게 답했다.

'그걸 내가 어떻게 알아, 이 새끼야.'

속에 있는 말을 그대로 할 수는 없다.

"흠흠, 필요가 없다니. 프로그램이 자동적으로 버그를 수정하기라도 한답니까?"

"오호, 그것도 꽤 괜찮은 아이디어네요. 그랬다면 저도 무척 좋겠지만 아쉽게도 아직 그 정도 수준으로 개발되지는 않았습니다."

놀리는 듯한 용호의 말투가 계속해서 강경일의 신경을 자극했다. 이 정도면 됐다 싶었는지 용호가 말을 이었다.

"지금 발생하고 있는 버그는 저희 프로그램에서 발생한 게 아닙니다."

용호가 강경일을 손으로 가리켰다. 그러고는 한 자 한 자 또박또박 끊어 말했다.

"저. 쪽. 에. 서. 발생시킨 겁니다."

"뭐, 이 새끼야! 지금 뭐라는 거야!"

"마침 사장님까지 와 계시니 말하기가 더욱 쉬워졌네요. 그럼 다음 장을 보면서 설명드리겠습니다. 어떻게 해서 버그 파인더가 버그 발생기가 되었는지."

글을 쓰면 교정이란 것을 본다.

일반 문법 체크를 하며, 조사가 틀리거나 주어가 잘못되거나 하는 부분들을 살펴본다. 그 뒤로 앞뒤 이야기의 문맥이 맞는지 체크한다. 바로 앞부분에서 강도가 나왔다면 뒤에는 그와 관련된 이야기가 나오는 것이 순리에 맞는 것이다.

갑자기 외계인 이야기가 튀어나온다면 누구나 황당할 것이다.

분석기도 마찬가지다.

코드를 교정 보는 것이다.

처음에는 프로그래밍 언어에 맞게 문법 체크를 한다. 그 뒤에 상호 연관성을 체크한다.

글도 앞뒤에 연관성이 있는 것처럼 코드도 서로 간의 연관성이 있다.

의존성.

문제는 거기서 발생했다.

"저희 회사의 HTML 코드를 보시면 최초에 추가되는 모듈이 있습니다. 그런데 이 모듈 용량이 상당합니다. 사용자에게 버그 분석 결과를 화려한 그래프로 보여주기 위해 저희가 자체 제작한 것이죠. 이 부분에서 OOM이 나더니 마구잡이로 버그를 토해냈습니다. 저희가 만든 솔루션에는 단 한 줄의 오류도 없는데 말입니다. 제가 이 사례를 들고 온 이유는 한 가지입니다."

장내가 조용해졌다. 강경일은 그저 듣고만 있을 수밖에 없었다. 기술적인 지식이 전무했기에 반박할 수 없었다. 강경일이 급히 어딘가로 전화를 걸었다.

"프로그램 분석기가 양날의 칼이 될 수 있다는 점입니다. 정말 잘 만들어진 분석기라면 가치가 있겠지만 그렇지 않다면 오히려 없는 것보다 못하다는 것이지요."

몇몇 사람들이 고개를 끄덕거렸다. 용호가 강연장을 한 번씩 둘러보았다. 마지막으로 눈을 둔 곳은 강경일이 있는 곳.

이야기가 뜻대로 흘러가지 않는지 들고 있는 전화기를 바닥으로 패대기치는 모습이 보였다.

'버그가 버그를 발생시킨다더니.'

용호의 눈에는 강경일이 버그로 보였다.

생길 수밖에 없지만 고쳐야 하는 대상으로 보였다.

'버그는 고칠 수라도 있지.'

그러고는 다시 발표에 집중했다.

발표가 끝난 후.

용호는 다시 대기실로 돌아왔다.

'기회를 줘도 차버리는구나.'

프로그래머라는 직업을 업으로 삼고 있는 사람이라면 누구나 알고 있다.

버그.

평생을 함께해야 할 동반자다. 무조건 적으로 보고, 배척해야 할 대상으로 생각한다면 자신만 피곤해지는 것이다.

차라리 강경일이 그 자리에서 깔끔하게 인정한 후 받아들이고 수정을 약속했다면 다른 상황으로 전개되었을 수도 있다.

체면.

강경일에게 버그보다 중요한 것이다.

수많은 사람들 앞에서 자신의 체면을 구겼다는 사실이 그를 견디지 못하게 만들었다.

'결과적으로 잘된 건가.'

용호가 딴생각에 빠져 있는 사이 대기실로 한 사람이 들어서고 있었다.

운영위원장 팀 후퍼.

Java라는 언어를 만든 사람은 제임스 고슬링으로 알려져 있다. Java는 웹 환경이 한 단계 더 발전할 수 있는 기틀을 마련한 언어였다.

우리가 사용하는 HTTP라는 프로토콜을 팀 버너스가 만들었다면 그 위에서 동작하는 화려한 웹 사이트들을 만드는 데는 Java를 빼놓고 이야기할 수 없다.

현재 전 세계에서 C언어와 함께 가장 많이 사용되는 프로그래밍 언어로 항상 3위 안에 드는 언어다.

팀 후퍼는 제임스 고슬링이 Java 커피에서 이름을 따와 붙인 이 언어를 만드는 데 함께 참여했던 사람 중 한 명이었다.

용호도 근래에 알게 된 사실이었다. 제임스 고슬링이나 데니스 리치야 워낙 유명하기에 모를 수가 없었다.

그러나 후퍼라는 이름은 처음이었다. 하얀색의 풍성한 수염이 인상적인 남자였다.

"만나고 싶었는데 이제야 기회가 되네요."

후퍼의 말에 용호가 어색한 웃음을 지어 보였다. 자신을 만나고 싶었다? 어찌 보면 프로그래머들의 우상 같은 존재에게 이런 이야기를 듣는 게 어색했다. 제프야 워낙 일을 하며 친해진 사이니 둘째 치고.

"아닙니다. 저도 뵙나뵙고 싶었는데 이렇게라도 만나게 되니… 하하, 몸 둘 바를 모르겠습니다."

"여기까지 왔는데 식사라도 함께하시죠. 오늘 있었던 자그마한 소란에 대해서도 이야기할 게 많을 것 같은데요?"

삐질.

용호의 이마에서 식은땀 한 줄기가 흘러내렸다. 발표 내용이 흡족한 것과 강연장에서 있었던 소란은 별개의 문제였다.

*　　　*　　　*

"도대체 개발을 어떻게 한 겁니까? 버그를 찾아내야 할 프로그램이 버그를 발생시킨다… 이게 지금 말이나 되는 일이라고 생각합니까?"

"개발 시간이 촉박하다 보니 모든 경우에 대해 체크해 보지 못했습니다. 지금이라도 수정하면 큰 문제없을 겁니다."

"큰 문제가 지금 발생했단 말입니다!"

강경일은 회사로 돌아오는 차 안에서 에이스 벤처스에게 걸려온 전화 한 통을 받았다.

―투자를 재검토하겠습니다.

아직 모든 투자금을 받은 상황이 아니었다. 그리고 계약서에는 몇 가지 단서가 붙어 있었다.

(치명적인 결함 발견 시 기존 계약을 해지할 수 있다.)

진퇴양난의 상황에 빠졌다.

*   *   *

문자 왔숑.

문자 왔숑.

강경일의 핸드폰이 연달아 울려댔다.

계약 해지 검토 중.

문자로 전달된 내용은 그리 길지 않았다. 더 이상 계약을 진행하고 싶지 않음을 간접적으로 표현한 듯했다.

에이스 벤처스에서 시작된 계약 해지가 다른 벤처 캐피탈로도 번져갔다.

강경일이 핸드폰에 저장된 번호로 계속해서 통화를 시도했으나 같은 말만 들을 뿐이었다.

"현재 담당자분이 바쁘셔서 통화가 곤란합니다."

하루 종일 회사에서 CS요원들이 하는 말과 같았다.

―현재 담당 개발자분의 업무가 처리되는 대로 바로 연결해 드리겠습니다.

강경일이 제공하는 서비스를 이용하던 소비자들이 가장 많이 들어야 했던 말이다.

그 말을 강경일이 듣고 있었다.

"도대체 무슨 일이 일어나고 있는 거야!"

강경일이 사람 가득한 회의실에서 분을 참지 못하고 소리쳤다.

*　　　*　　　*

양심 고백합니다.

한 개발자 커뮤니티에 올라온 글이었다.

ㅡFixbugs 이거 영 못 쓰겠네요.

ㅡ버그 분석을 해주기 전에 버그부터 고치셔야 할 듯.

ㅡ이름을 버그 발생기로 바꾸셔야 하는 거 아닌가요?

지금까지의 제가 올린 글들을 모두 삭제하겠으며 Fixbugs 사에도 정식으로 사과하겠습니다.

정말 죄송합니다.

모니터 앞에 두 남자가 옹기종기 앉아 있었다. 보통 체격의 용호와 마른 체형의 카스퍼스키였다.

카스퍼스키가 용호 쪽은 보지도 않은 채 말했다.

"봤냐?"

"……."

"이렇게 올라왔잖아."

"불법적인 일을 한 건 아니지?"

카스퍼스키는 아무 말도 하지 않은 채 모니터만을 주시했다.

용호가 학회로 가기 전 회사에 일을 하나 맡겼다. 지속적으로 Fixbugs에 대해 악의적인 글을 올리는 사람과 연락을 해보라는 것이다.

그럴 리는 없겠지만 정말 회사의 문제라면 적절한 보상을 해라. 그렇지 않다면…….

"어찌 되었든 결과가 좋잖아."

결과가 좋긴 했다. 해당 커뮤니티에 올라온 글은 댓글 수만 해도 천 개를 넘어가고 있었다. SNS상에도 해당 글이 빠른 속도로 공유되고 있었다.

모두가 퇴근한 시간, 용호는 누군가를 기다리고 있었다. 약속한 시간이 다 되어가고 있어서인지 계속해서 시계를 힐끔거렸다.

'슬슬 찾아올 때가 된 것 같은데.'

집에 사다 둔 흔들의자를 회사에도 구비해 놓았다. 의자는 용호가 가장 좋아하는 창가 쪽에 자리했다.

용호는 그 자리에 앉아 창문 너머의 경치를 즐겼다.

화려한 조명이 반짝이는 거리, 사무실에서 그 거리를 바라볼 때마다 지금의 현실이 잘 믿기지가 않았다.

'뭐, 안 와도 상관없지만.'

똑똑똑.

그때 누군가가 문을 두드리는 소리가 들렸다. 등록된 사람만이 출입할 수 있는 시스템이다.

들어오지 않고 문을 두드린다는 소리는 외부인이라는 말이었다.

투명한 유리문 바깥에 마크가 서 있었다.

탁자를 마주 보고 앉았다. 용호가 꺼내온 커피에서 모락모락 김이 피어올랐다.

"오랜만이네요."

"……."

조용히 앉아 있는 마크에게 용호가 커피를 한 모금 마시며 질문했다.

"할 말이 있다고 오서놓고 이렇게 가만히 계시면 어쩝니까."

"먼저 미안하단 말을 하고 싶었다……."

"하려던 말이나 해보세요."

마크가 미세하게 고개를 끄덕였다.

"이건 네가 아니라 나를 위해서 하는 이야기야. 그런 놈이 이곳 실리콘밸리, 그리고 나의 조국 미국에 발붙이고 사는 꼴을 보고 싶지 않으니까."

"저도 마찬가지입니다."

마크의 입에서 그간 회사 내에서 있었던 일들이 줄줄이 흘러나왔다.

지금까지 있었던 일은 빙산의 일각에 불과했다.

* * *

정신이 나간 사람 같았다.

시간이 흐를수록 투자사의 투자 철회 소식이 강경일의 메일함으로 속속 도착했다.

이제는 메일이 도착했다는 알람이 뜰 때마다 심장이 덜컹했다.

그래도 모임은 꼬박꼬박 참석했다. 마지막 구명줄이라 믿었다.

"하하, 차 매니저님. 그쪽 투자사에서 저희 회사로 투자를 철회하겠다는 이야기가 있던데……."

강경일이 조심스럽게 운을 뗐다. 어려울 때 서로 돕기 위해 만들어둔 인맥이다. 지금이 바로 그때라 생각했다.

서로 간의 충분히 공감대가 형성되어 있다고 여겼다.

"아… 그, 그래요?"

차 매니저라 불린 남자가 어색하게 웃으며 말을 돌렸다.

"박 변호사님, 이거 오랜만입니다."

그러고는 아예 몸까지 돌려 강경일을 외면했다. 화가 났지만 일단 참았다.

아직 다른 벤처 캐피털에 근무하는 사람들이 주변에 있었다. 강경일이 다른 벤처 캐피털사에 근무하는 남자를 찾아갔다.

"하하, 김 매니저님."

강경일이 다가가자 이번에도 남자는 고개를 돌리며 다른 사람을 찾았다.

"어, 이 사장님."

연회장으로 용호가 들어오고 있었다.

강경일을 외면했던 투자사의 매니저들이 용호 옆에서 떠날 줄을 몰랐다.

"저희 회사에서도 투자를 적극 검토해 보겠다고 했습니다. 상세 계약 조건에 관해서는 좀 더 이야기를 나눠 보고 싶다고……."

"그거야 저희 쪽 담당 매니저와 만나서 이야기를 하면 될 것 같습니다."

용호의 대답에 다른 벤처 캐피털에서 근무하는 남자도 앞으로 나섰다.

"저, 저희 회사에서도 투자를 적극 검토 중입니다."

"감사합니다."

하나같이 무슨 특명이라도 받고 온 듯 용호에게 끈을 이으려 안달이 나 있었다.

기술자들에 이어 관리자들까지 용호의 주변으로 몰려들었다. 이와 반대로 마치 공동화 현상처럼 강경일의 주변은 텅 비어 있었다.

용호가 그런 강경일에게로 걸어갔다. 용호의 뒤로 수많은 사람이 뒤따르고 있었다. 공작새의 깃털이 펼쳐진 듯했다.

"강 사장님 아니십니까."

으득.

강경일이 이를 갈았다. 독을 품은 눈빛이 용호만을 향해 있지 않았다.

용호의 주변에 있는 투자사의 매니저들을 한 차례씩 쏘아 보았다.

"흠, 흠."

매니저들이 어색한 듯 헛기침을 쏟아냈다.

"요새 얼굴이 참 안 좋아 보이십니다. 미국 생활이 힘드신가 봐요?"

"……."

강경일은 아무 말도 하지 않았다. 그러나 용호는 말을 멈추지 않았다.

"말하지 않아도 알죠. 미국 생활이 참 힘듭니다. 타지에 나와서 생활하는 게 이만저만 힘든 게 아니죠. 그래서 서로 도우라고 이런 모임도 있는 거 아니겠습니까? 누군가 특정인의 이익을 도모하고, 그들끼리의 목표를 달성하기 위해 타인을 이용하라고 만든 게 아닐 겁니다. 강 사장님 생각은 어떠세요?"

강경일이 깊게 숨을 들이마셨다. 부릅떠진 두 눈은 곧 실핏줄이라도 터질 듯 힘이 들어가 있었다.

"그리고 여기는 실리콘밸리, 새로운 기술을 우대하고 기존의 질서를 깨는, 혁신을 일으키는 사람들이 모인 곳입니다. 이런 곳에서 야근을 강요하고 자유로움보다 상명하복의 권위를 내세우다니, 차라리 한국에서 군대 생활이나 다시 하시는 게 나을 듯 보이네요. 아 참, 군대도 면제 받으셨다고 그랬나."

이 자리에서 용호를 말릴 수 있는 사람은 아무도 없었다. 절반은 용호의 말을 지지하는 사람이었고, 나머지 절반은 이해관계로 얽혀 있는 사람들이다. 그 이해관계의 정점에 용호가 올라가 있었다.

기술이 지배하는 세상이다.

그리고 그 기술을 지배하고 있는 사람이 바로 용호였다. 분노로 치를 떨던 강경일이 겨우 이성을 차렸는지 조용히 몸을 돌려 연회장을 빠져나갔다.

"잘 가세요. 다시는 못 보겠지만."

강경일의 등 뒤로 용호가 마지막이 될지도 모를 인사를 던졌다.

*　　　　*　　　　*

자진 퇴사가 줄을 이었다.

어차피 무너질 기업, 더 이상 남아 있고 싶지 않은 듯했다. 이미 사무실의 절반가량이 비어 버렸다.

"그럼 가보겠습니다."

그리고 또 한 사람이 퇴사했다.

"어차피 사람이야 다시 뽑으면 되니까. 다들 동요하지 말아요. 이보다 어려웠던 시기도 있으니까. 금방 제자리를 찾게 될 겁니다."

강경일이 애써 사람들을 진정시켰다. 그러나 진정시켜야 할 사람은 회사의 직원들이 아니었다.

고개를 숙인 채 두 손으로 머리를 비벼댔다. 쌕쌕거리는 숨소리가 1m가 넘는 거리에서도 들릴 정도로 크게 퍼졌다.

머리에서 윤기가 흐르는 것이 포마드 기름을 한껏 바른 듯했다. 그러나 소용없는 일. 머리에 있던 포마드 기름이 잔뜩 손에 묻어 있었다.

"형 진짜 이러기야?"

"나로서도 할 수 없는 일이다. 내가 미국에 아는 사람이 있는 것도 아니고."

"없긴 뭐가 없어! 지금 나를 바보로 아는 거야?"

"그리 길지 않을 거다. 나오면 먹고살 길 정도는 마련해 주마."

"형!"

뚝.

전화는 그대로 끊겨 버렸다. 강경일이 보고 있는 노트북에 기사 하나가 떠 있었다.

―실리콘밸리의 유망 기업 대표 배임, 횡령. 분식 회계로 구속 기소

바로 강경일을 지칭하는 말이었다.

그리고 그 밑에 몇 개의 기사가 더 올라와 있었다.

Fixbugs 매출 300억 예상.

용호가 생각하고 있던 목표액과 동일한 액수였다.

*　　　　*　　　　*

아침부터 울리는 요란한 전화벨 소리에 용호가 잠에서 깨어났다.

"형님, 미국에서 또 한바탕 소동을 일으키셨다면서요?"

"무슨 소리야."

"다 알고 있습니다."

용호가 졸린 목소리로 말했다.

"나 스토킹하냐?"

기사가 난 지 이제 하루밖에 지나지 않은 시점이었다. 빨라도 너무 빨랐다.

"매출액도 형님이 말씀하셨던 금액에 도달하신 것 같은데 이제 한국 오셔야죠. 저희 애기도 삼촌이 오기만을 기다리고 있습니다."

"돌도 안 지났는데 기다리기는 무슨."

용호의 퉁명스러운 말투에도 나대방은 아랑곳하지 않았다.

"그러게 말입니다. 아직 돌도 안 됐는데 형님을 찾다니 저도 깜짝 놀랐지 뭡니까."

"…헛소리하지 말고 끊어."

"오실 때 연락 주십시오. 한국에 형님이 해야 할 일이 아주 쌓여 있습니다."

"…야, 나도 쉬고 싶다고."

"그럼 끊겠습니다."

"야, 야!"

나대방은 용호의 말을 다 듣지도 않은 채 전화를 끊어 버렸다.

"이, 이… 하아. 애 아빠한테 욕할 수도 없고."

띠링.

그러고는 문자로 한 장의 사진이 도착했다.

"참 나……."

통통한 볼이 인상적인 아기 한 명이 사진 속에 있었다. 사진에는 합성을 했는지 말풍선이 하나 그려져 있었다.

삼촌, 보고 싶어요.

"귀엽기는 하네……."

작고 귀여운 그 모습에 용호는 한동안 눈을 떼지 못했다.

회사의 몇몇 주요 인사들만이 모인 자리였다. 하나같이 당황스러운 표정을 감추지 못했다.

물론 카스퍼스키만은 예외였다.

"그러니까 다들 제시 말 잘 따라줘. 지금까지 고마웠고, 수고했어. 앞으로도 잘 부탁한다."

데이브는 코끝이 찡한지 자꾸만 손으로 코를 문질렀다. 여전히 카스퍼스키는 눈을 감고 있었다. 그러던 중 제임스가 유일하게 손을 들었다.

"나도 한국 좋다."

"응?"

"간다, 한국."

"제임스?"

어눌한 말투였지만 의미는 명확하게 전달되었다. 데이브도 놀란 듯 제임스를 바라보았다.

그러거나 말거나 제임스가 말을 이었다.

"데이브도 결혼했다. 나는 혼자, 한국 따뜻하다. 갈 수 있다."

"정말 괜찮겠어?"

"대방이도 있다. 심심하지 않을 것 같다."

그새 둘이 많이 친해진 듯했다. 그 말에 데이브가 섭섭한 감정을 감추지 못했다.

용호와 제임스는 또 달랐다. 어린 시절부터 생사고락을 함께한 사이다.

말 그대로였다. 정말 죽을 뻔한 경험도 있었다.

"제임스……."

"데이브는 여기 있어라. 나중에 다시 돌아온다."

제임스의 말에 데이브는 눈이 시큰거리는지 이번에는 눈을 문지르고 있었다. 제시도 아쉬운 눈으로 제임스를 보고 있었다.

서로가 서로를 아쉬워하는 분위기, 사무실의 분위기가 낮게 가라앉으려 했다.

그때 또 한 명이 손을 들었다.

"나도 참가."

카스퍼스키였다.

"너는 또 왜?"

용호에게도 카스퍼스키는 부담스러웠다. 똑똑해도 너무 똑똑했고, 잘생겨도 너무 잘생겼다.

"인센티브는 한국에서 살 집으로 받을 테니까 그렇게 준비해 줘."

용호의 말은 무시한 채 자기 하고픈 말만 한 채 다시 눈을 감았다.

"그래. 가자, 가."

어차피 이런 실력자들이 같이 가준다면 자신에게도 좋은 일이다. 이제 다시 한국으로 돌아간다.

그리웠던 고국으로……

Chapter 2

급발진 사고

한국으로 돌아가기 위해 짐을 싸던 용호는 오랜만에 리스트
인에 접속해 보았다.

〈경력 사항〉
인턴.
미래정보기술 Seoul.
사원.
신세기 I&C Seoul.
Junior Data Engineer.
Jungle Siliconevalley.
CTO.

vdec.com Siliconevalley.

CEO(현재).

Fixbugs.com Siliconevalley.

보유 기술&전문 분야

SQL, Java, HTML, JavaScript, CSS, Software Development, Android Development, Algorithm, Data analysis, Software engineering, python, Data Modeling, Hadoop

학력 사항

선민대학교.

그간의 노력들이 고스란히 담겨 있었다. 보유 기술 셋은 배로 늘어나 있었고, 경력 사항의 마지막이 화룡정점을 장식했다.

힘들고 어려운 시간도 많았지만, 그보다 즐겁고 보람찬 순간들이 많았다.

당장 리스트인에 나와 있는 자신의 경력 사항만 봐도 미국에서 얼마나 알차게 시간을 보냈는지 알 수 있었다.

특히나 마지막 라인에 새겨져 있는 경력, CEO가 눈에 들어왔다.

'CEO라······.'

인턴에서 시작해 지금까지의 과정이 주마등처럼 스쳐 지나 갔다.

'다들 잘 지내고 있으려나.'

한국에 있는 사람들의 소식도 궁금해졌다.

*   *   *

인천국제공항.

공항의 출국장으로 사람들이 쏟아져 나왔다. 수많은 사람들 이 쏟아져 오는 와중 신기한 모습이 연출되었다.

여자들의 시선이 한곳에 쏠려 있었다. 나이에 무관하게 시선 이 쏠린 그곳에 카스퍼스키가 걸어 나오고 있었다.

"…그러게 먼저 가라니까."

"한국 지리도 잘 모르는 나한테 먼저 가라니. 한국에 와주 는 것도 고맙게 생각하지는 못할망정."

"……"

"왜? 병풍 된 것 같냐?"

용호가 뜨끔했는지 조금이라도 일행이 아닌 척 걸음을 빨리 했다. 제임스는 전혀 신경 쓰지 않는 듯 카스퍼스키와 어깨를 나란히 했다.

마치 부잣집 귀공자와 그의 경호원 같은 그림이 연출되었다.

'하아, 자, 잘생긴 놈.'

왠지 모르게 밀려오는 자괴감을 떨쳐내며 용호가 앞서 걸었다.

"형님!"

나대방이 손을 흔들며 마중을 나와 있었다. 용호의 얼굴에도, 제임스의 얼굴에도 반가운 빛이 떠올랐다.

운전을 하는 내내 나대방은 입을 멈추지 않았다. 그간 한국에서 있었던 일을 모조리 풀어놓기라도 하듯 잠시도 쉬질 않았다.

"이슈가 필요하다?"

나대방의 요점은 한 가지였다.

홍보가 너무 부족하다.

최신 소프트웨어는 넘쳐난다. 팀 내 소통을 위해 사용하는 slack, DevOps 관점에서 뜨고 있는 docker, 웹 서버를 제공해 주는 Heroku, 프론트 엔드에서 많이 사용되고 있는 bootstrap 등 무수한 소프트웨어가 존재한다.

그 사이에 용호의 소프트웨어도 한 축을 담당하고 있었다. 그러나 한국에서는 다른 이야기다.

"네. 홍보가 너무 부족해요. 저희 솔루션에 대해 모르는 사람이 태반입니다. 더욱이……."

"뭔데?"

"이미 한국 공공기관이나 기업들 쪽 같은 B2B에는 대세로 자리 잡은 솔루션이 있어요."

"……."

나대방의 말을 듣지 않아도 알 것 같았다.

"형님도 잘 아시겠지만 Find Bugs Tool, 한국에서는 줄여서 FBT 라고 부르는데……."

"알고 있지, 알다마다."

"그게 한국 시장을 거의 독점하다시피 하고 있습니다. 제가 알리려고 노력하고는 있지만… 쉽지 않습니다."

"그래, 수고했다. 뭐 천천히 생각해 보면 되겠지."

용호가 달리는 차창 밖으로 보이는 서울 거리를 바라보았다. 그리 새로운 풍경이 아니었다. 도심지로 들어서자마자 교통 체증으로 차는 꽉꽉 막혔다.

한국은 여전했다.

'여전하구나.'

그리 달라진 것 같지 않았다.

*　　　　*　　　　*

이제는 하루가 달랐다. 흰머리는 더욱 늘어난 듯했고, 눈가에 있던 잔주름이 목 주변으로까지 번져 나갔다.

나이를 속이기 힘든 듯 눈에는 노안이, 몸도 이곳저곳이 편치 않으신 듯했다.

그리고 허름했다.

일 년 동안 용호가 만들어준 카드로 빠져나간 금액이 채 육백만 원도 되지 않았다. 직접 사주기 전까지는 제대로 된 옷도

한 벌 사 입지 않고 계셨다.

"가자."

용호는 집으로 들어가자마자 부모님을 모시고 나왔다. 당장 백화점으로 가려 했으나 급한 건 백화점이 아니었다.

주차장으로 내려와 보니 더한 골동품이 용호를 반겼다.

"……."

연식으로만 십오 년은 된 차가 한 대 서 있었다.

현기 자동차의 모델 투 버전.

근래 출시된 차가 HK—5다.

주차장에 주차되어 있던 차 주변을 한 바퀴 돈 용호가 부모님을 보며 말했다.

"일단… 차부터 바꾸러 가시죠."

"괜찮다고 해도 그러네."

부모님의 말에 용호가 문을 열기 위해 차 키를 꽂았다.

삐걱. 삐걱.

아무리 열쇠를 돌려도 삐걱거리는 비명 음만 토해낼 뿐 차 문조차 제대로 열리지가 않았다.

"그, 사, 살살하면 열려."

겨우 힘주어 열린 차 문은 금방이라도 떨어져 나갈 듯 불안했다. 내부 모습은 더욱 참혹했다. 시트는 닳고 닳아 안쪽 솜이 삐져 나와 있었고, 자동차의 연식을 짐작하게 하는 카세트 테이프 플레이어가 장착되어 있었다.

"아버지!"

"알았다. 알았어. 가자, 가."

그 길로 바로 자동차 대리점을 찾았다.

형광등 불빛 아래 신차들이 저마다의 자태를 뽐냈다. 빛을 받아서인지 더욱 윤이 나는 것 같았다.

"벤츠 정도는 살 수 있다니까."

"이놈아, 벤츠는 무슨. 국산 차 사, 국산. 안 그러면 나도 차 필요 없다."

결국 타협한 것이 최신형 국산차를 사는 것이었다. 그렇게 셋은 한국 시장을 거의 독점하고 있다시피 하고 있는 현기 자동차 매장을 찾았다.

매장 안으로 들어서자마자 영업 사원의 장황한 설명이 시작되었다.

"이것이 바로 이번에 저희 현기 자동차에서 내놓은 역작, HK-5입니다. 하이브리드형으로 무려 20㎞/l가 넘는 연비를 자랑합니다."

이모저모 차를 살피던 용호가 물었다.

"안전한가요?"

용호에게 제일 중요한 항목은 안전이다. 혹시라도 있을 사고 시에 부모님이 다치지 않는 것이 제일 중요했다.

"물론입니다. 에어백이나 ABS뿐만 아니라 첨단 운전자 보조 시스템인 ADAS(Advanced Driver Assistance Systems)가 개발 설치되어 있습니다. 염려 붙들어 매시라니까요."

이미 한두 번 설명해 본 솜씨가 아닌 듯 막힘이 없었다.

차를 살피던 용호가 아버지에게 승차를 권했다.

"한번 타보세요."

차가 너무 고급스러워 보였던 탓인지 용호의 아버지가 쭈뼛거리며 자동차에 올라탔다.

"하하, 아버님은 좋으시겠습니다. 아드님이 이런 차도 선물하시고."

눈치가 백단인지 영업 사원은 순식간에 물주를 알아맞혔다.

"요즘은 키로 시동을 안 겁니다. 여기 버튼 보이시죠? 이 버튼 누르면 시동이 자동으로 걸립니다. 아니면 원격으로 조종하셔도 되고요."

차를 꼭 팔겠다는 신념이 느껴졌다. 설명 하나하나에 열정이 담겨 있었다.

조수석에 앉아 있던 용호가 운전석에 앉아 있는 아버지를 보며 물었다.

"어때요?"

"좋구나… 그런데……."

용호는 아버지의 시선을 쫓아갔다. 그곳에 이 차의 가격이 적혀 있었다.

근 삼천만 원을 호가하는 가격이 붙어 있는 푯말에 시선이 멈춰 있었다.

그 순간 용호가 조수석을 빠져나오며 말했다.

"이걸로 하죠. 옵션은 최상급으로 해주세요."

"바로 준비하겠습니다."

미리 알기라도 한 듯 영업 사원은 계약서를 준비해 두었다.
그저 사인만 하면 되었다.

집으로 돌아가는 길 아버지는 기쁜 기색을 감추지 못했다.
이곳저곳 친구들에게 전화를 걸어 자랑을 멈추지 않았다.

"그렇다니까, 아들이 뽑아줬다니까."

차가 생겼다는 기쁨보다 아들이 차를 사줄 만큼 능력이 있
다는 것이 더 큰 즐거움으로 다가오는 듯 보였다.

"어유, 저 양반이 저렇다니까. 그저 아들이 사준다고 덜컥 받
기나 하고."

"이제 엄마 차례야, 백화점 가야지."

"뭐?"

"그럼 차만 사고 들어갈 줄 알았어?"

돈을 써도 아깝지가 않았다. 오히려 쓰면 쓸수록 즐거웠다.

'이런 게 쓰는 즐거움이란 건가.'

어차피 잔고가 든든하게 뒷받침을 해주었다. 그날 저녁이 다
되서야 쇼핑이 끝날 수 있었다.

*   *   *

느긋하신 분은 아닌 듯했다. 한국으로 들어온 지 일주일도
채 되지 않은 날 나선기 의원이 용호를 찾았다.

어느 봄날의 점심시간이었다.

나대방의 소개로 둘은 서울 시내 모처에 함께 자리했다.

"대방이에게는 말씀 많이 들었습니다."

듣던 대로였다. 사각 턱에 훤칠한 키가 강직한 성품을 나타내고 있는 듯 보였다.

"우리 대방이를 이렇게 잘 키워줘서 오히려 제가 감사합니다."

나선기가 용호에게 고개를 숙이려 했다. 갑작스러운 행동에 용호가 나선기를 말렸다.

"아, 아닙니다. 의원님, 부담스럽게……."

"하하, 그랬나요? 오늘은 그저 얼굴이나 보려고 만난 자리니 편안하게 식사하시다 가시기 바랍니다."

나선기 의원의 말대로다. 일에 관한 이야기가 아닌 신변잡기가 주를 이루었다.

둘의 중심에 나대방이 있기 때문인지 단연 화제의 중심이었다.

나선기는 나대방의 어린 시절을, 용호는 나선기가 모르는 사회생활 이야기를 풀어내느라 서로가 시간 가는 줄을 몰랐다.

집으로 돌아오는 길, 마침 신차가 도착해 있었다. 아버지는 용호가 오기를 기다린 듯 보였다.

"어서 타보자."

용호의 아버지가 먼저 운전석으로 올라탔다. 그리고 조수석에 용호가 앉았다.

어머니는 주차 공간을 빠져나오면 타려고 잠시 바깥에 서 계셨다.

"먼저 시동 걸어보세요."

용호도 처음 보는 장치들이 가득했다. 운전에 익숙지 않아서인지 더욱 생소했다. 갖가지 버튼들이 어떤 역할을 하는지 제대로 감이 오지 않았다.

"그럼 출발한다."

용호의 아버지가 시동 버튼을 누르려 했다. 순간 용호의 눈에 빨간색 경고등이 들어왔다.

부아아아앙.

차가 굉음을 토해내며 당장에라도 달려 나갈 듯 무서운 기세를 뿜어냈다.

조수석에 앉아 있던 용호가 급히 핸들을 오른쪽으로 꺾으며 외쳤다.

"브레이크!!!"

용호의 외침을 들은 것일까.

시동을 걸며 즐거워하던 아버지가 부지불식간에 오른발을 왼쪽으로 옮기며 브레이크를 밟았다.

부아아아앙!

불행히도 차가 토해내는 굉음은 줄어들 줄을 모르고 더욱 커져만 갔다!

순간 자동차가 앞으로 쏘아져 나가며 지하 주차장에 세워져 있는 기둥을 들이박았다. 핸들을 꺾은 탓인지, 브레이크를 밟은 탓인지 자동차는 바로 옆 차의 앞 범퍼를 긁으며 속도가 줄어 있었다.

충격의 순간 차 안에 설치되어 있던 에어백들이 터지며 차 안을 가득 메웠다.

에어백이 얼굴에 부딪치는 순간 용호의 머릿속으로 엉뚱한 생각이 스쳐 지나갔다.

'영업 사원 말이 맞기는 맞았구나.'

설치되어 있던 에어백이 정상 작동했다. 앞에서만이 아닌 사면에서 터진 에어백은 두 명의 부자를 사지에서 구해냈다.

다행히 둘 모두 안전벨트까지 착용하고 있었다.

하지만 정신이 아득해지려 했다.

용호는 애써 아득해지려는 정신을 부여잡고는 어딘가로 전화를 걸었다.

*　　　　　*　　　　　*

구급차가 제일 먼저 도착했다. 용호는 온몸이 욱신거렸지만 당장 죽을 것 같지는 않았기에 아버지를 먼저 병원으로 보냈다.

자세한 검사는 받아봐야 알겠지만 다행히 생명이 위독할 정도로 다치지는 않았다.

아버지를 먼저 병원으로 보내고 용호는 그 자리를 떠나지 않았다. 구급 대원의 권유와 어머니의 강권에도 꿈쩍도 하지 않았다.

병원으로 가지 않으려는 용호의 고집을 어머니도 결국 꺾지 못했다.

"곧 갈게요."

용호는 사고가 난 그 자리에서 구급 대원의 간호를 받으며 자리에 앉아 있었다. 몸 이곳저곳에서 아우성을 치고 있었지만 이대로 갈 수는 없다.

'분명…….'

시동을 켜는 순간 버그 창에 알람이 떠올랐다.

용호가 자리에 앉아 생각에 잠겨 있는 사이 전화를 받은 나대방과 제임스가 도착했다.

용호는 처음부터 EDR(Event Data Recorder : 사고 기록 장치—자동차의 각종 이력을 기록)의 존재는 알지 못했다.

단 비행기에도 블랙박스가 있듯이 자동차에서도 그런 게 있지 않을까 짐작하고 있을 뿐이었다.

그런 짐작을 확인하기 위해서는 도움이 필요했다. 하드웨어에 관해서라면 빼놓고 이야기할 수 없는 둘, 바로 나대방과 제임스였다.

"여, 여기다."

말을 할 때마다 가슴이 욱신거려 한마디, 한마디에 온 힘을 다해야 했다. 겨우 손을 들고 멀리서 다가오는 나대방과 제임스를 반겼다.

이런 말이 있다.

덕 중의 덕은 '양덕'이다.

그런 양덕들도 성지로 생각하며 방문하는 곳이 바로 제임스의 블로그다.

하드웨어, 임베디드 소프트웨어 분야라면 누구라도 한 수 접어줄 수밖에 없다.

"그, 급발진을 한 것 같다."

용호가 한 자 한 자 겨우 말해 나갔다.

"너희들이 증거를 좀 수집해 줘, 비행기 블랙박스처럼."

"증거 찾을 수 있다. 알았다."

제임스가 믿으라는 듯 용호의 어깨에 손을 올렸다. 제임스는 어린 시절 머리를 다쳤는지 항상 말투가 어눌하고, 단어 사용에 제한이 있었다.

그래서인지 주변 친구들에게 쉽게 놀림감이 되고는 했다. 믿을 만한 친구는 데이브와 제시밖에 없었다.

그런 그의 세계에 또 한 명이 들어왔다. 바로 용호였다.

언어 능력은 조금 떨어질지 몰라도 컴퓨터를 다루는 것에 관해서라면 타의 추종을 불허했다.

"그, 그럼 부탁한다."

용호가 겨우 안심을 하고 스르륵 뒤로 누웠다. 뒤로 기대자 대기하고 있던 응급 요원들이 급히 용호를 차에 싣고 병원으로 질주했다.

용호가 병원으로 떠나고 제임스와 나대방이 차를 견인해 가기 위해 견인차를 기다리고 있었다.

견인할 장소는 이미 나대방이 섭외해 둔 상태였다. 명색이 Fixbugs 한국 법인 지사장이다. 아직 한국 법인에서 그리 큰 매출이 발생하고 있지는 않지만 용호가 법인 자금으로 넣어둔 돈만 해도 억은 넘었다.

거기에 나대방의 인맥까지 더해지자 장소 섭외 정도는 식은 죽 먹기였다.

"재밌겠다. 용호랑 있으면 항상 재밌는 일 생긴다."

"하하, 그래요?"

앞 범퍼는 우그러지다 못해 찢겨 있었다. 당장에 폐차되어도 우습지 않을 차 앞에서 제임스는 싱글거리며 웃었다.

"자동차 분해 재밌다. 어릴 때부터 많이 했다. 비싸서 재료가 부족하다."

어린아이처럼 순수해 보이는 제임스의 모습에 나대방도 절로 미소가 지어졌다.

비록 용호가 다쳐 병원으로 갔지만 생명의 지장은 없는 상태다. 그랬기에 더욱 편안하게 웃음 지을 수 있었다.

*   *   *

병원에는 이미 어머니가 기다리고 있었다. 아버지는 검사를 받으러 가셨는지 보이지 않았다.

"아버지는?"

"일단은 팔, 가슴 쪽 뼈가 몇 군데 부러졌다는데 상세한 건 검사 결과가 나와봐야 안다고 그러네. 그나저나 너는……."

어머니는 말을 채 다 잇지도 못하고 눈물을 글썽이셨다. 그러고는 이동형 침대에 누워 있는 용호의 머리를 쓰다듬었다.

"나야 괜찮지. 나도 몇 군데 부러진 것 같기는 한데 크게 아픈 데는 없어."

용호는 애서 괜찮은 척 웃어 보였다. 금방이라도 눈물을 흘리려 하는 어머니 앞에서 아픈 티를 낼 수가 없었다.

"그래, 그래……."

"검사 끝나고 봐. 괜찮을 거야."

용호의 괜찮다는 말을 어머니는 믿지 않았다. 교통사고는 사고 당시의 상태보다 사고 후 후유증을 조심해야 한다.

지금 다친 것이 끝이 아닐 수도 있다는 말이었다.

천만다행인지 불행 중 다행인지 아버지와 용호 모두 치명상은 피했다. 생명의 지장은 없었고 전치 6주 정도의 상해를 입은 것이 다였다.

뼈가 붙은 때까지는 안정을 취하기 위해 용호는 일단 아버지와 함께 병원 신세를 지기로 했다. 어차피 평생 놀아도 될 만큼의 돈이 통장에 쌓여 있는 상태, 미국에서의 고된 생활에 대한 보상이라 생각하기로 했다.

"좋아 보입니까?"

"그러냐?"

침대에 누워 있던 용호가 보고 있던 소설책을 내려놓았다. 옆에는 그간 까먹은 초콜릿 껍질이 잔뜩 쌓여 있었다.

"우리는 일 시키고 혼자 노니까 재밌습니까?"

"하하, 일이라니 쉬엄쉬엄 해, 쉬엄쉬엄. 어차피 당장 회사 일도 할 게 없잖아."

"그, 그거야 그렇지만."

허를 찔린 나대방이 한 발짝 뒤로 물러섰다.

"뭐 좀 찾아냈어?"

"그게 생각보다 쉽지가 않아요. 급발진이 분명하긴 한 것 같은데… EDR이 있는지도 명확하지가 않고요."

"백업 데이터를 쌓기 위해서라도 장착한다고 하더라. 더구나 미국에서는 의무 사항이라며? 한국에도 달려 있겠지. 너 현기자동차 쪽에 아는 사람도 있을 거 아냐."

함께 와 있던 제임스가 요점을 이야기하지 않는 나대방이 답답하다는 듯, 한 발 앞으로 나섰다.

"한 대가 더 필요하다. 결재 맡으려고 왔다."

"아, 똑같은 걸로 한 대가 더 필요하다는 말이지?"

제임스가 고개를 끄덕였다.

"비교해 볼 차가 필요하다. 동일 모델, 동일 사양으로."

"당연히 사야지."

나대방이 어깨를 으쓱해하며 말했다.

"결재도 받고, 형님 병문안도 하고 겸사겸사입니다."

"이참에 두 대 정도 사. 나중에 법인 차로 쓰든지 하면 되니까."

"돈은요?"

나대방이 토끼 눈이 되어 말했다. 한 대에 삼천만 원이 넘는 가격이다. 두 대면 육천만 원. 옆집 순이의 이름이 아니다.

"통장에 넣을 테니까. 걱정 말고 사."

"캬, 역시 호탕하십니다."

"대신 급발진 꼭 찾자. 이슈가 아닌 폭탄을 떨어뜨릴 수도 있으니까. 믿는다."

"그럼요!"

나대방이 과장된 몸짓으로 자신을 믿으라고 할 때 제임스도 조용히 고개를 끄덕였다.

나대방보다는 훨씬 믿음이 갔다.

서울 근교의 한 창고.

나대방과 제임스가 얼굴에 기름을 묻혀가며 자동차를 분해하고 있었다.

"이거 찾을 수나 있겠어요?"

"있다. 걱정 마라. 거의 다 왔다."

"…그래요?"

제임스는 대답하지 않은 채 일에 집중했다. 나대방이 하는 일은 보조 그 이상을 벗어나지 않았다.

제임스가 필요로 하는 각종 공구들을 구매하고, 밥을 대령하는 등 각종 잡일을 도맡아 했다.

"꼭 찾아야 할 텐데……."

용호가 사고 당시 자신을 부르는 순간 깨달았다.

이슈화.

이건 무조건 된다. 만약 내부에 얽힌 문제를 밝혀내기라도 한다면 핵폭탄급 파장이 퍼지는 것이다.

급발진은 한국 차만의 문제가 아니다.

일본, 미국, 독일 등을 연고지로 하는 수많은 기업들이 동일한 문제를 겪고 있지만 인정하고 있지 않았다.

용호가 원인을 알아낸다면 그 해결책도 찾아낼 수 있을 터, 엄청난 부가가치를 창출할 가능성이 농후했다.

나대방은 왜 용호가 서슴없이 테스트용 자동차를 두 대나 더 사라고 했는지 알 것 같았다.

"대방, 니퍼."

차 밑으로 들어가 있던 제임스가 손을 내밀며 말했다.

"여기 있습니다."

오늘도 창고 한편에 마련된 숙소에서 자야 할 것 같았다. 제임스는 도통 집에 갈 줄을 몰랐다.

한번 시작하면 끝날 때까지 물고 늘어졌다.

그 때문에 아직 신혼인 나대방은 최혜진을 독수공방시킬 수밖에 없었다.

'미, 미안하다, 혜진아.'

나대방이 마음으로나마 미안함을 전했다.

자동차를 해부하여 내부 기관을 찾아내는 일은 결코 쉬운 일이 아니었다. 들어가는 부품만 수천 개, 그 속에서 EDR이나 ECU(Electronic Control Unit : 전자제어유닛—컴퓨터의 CPU와 같은 역할을 하는 부품)같은 부품을 찾아내야 하는 것이다.

제임스 정도의 실력자가 아니면 아예 찾아볼 생각조차 하지 못할 것이다. 나대방은 엄두도 내지 못했다.

덕 중의 덕.

양덕들의 우상.

제임스, 그이기에 가능했다.

"찾았다."

제임스의 손에 회로 기판 하나와 은색의 합성 금속으로 둘러싸인 하드 디스크 모양의 물체가 들려 있었다.

합성 금속으로 둘러싸인 것이 EDR, 그리고 나머지 하나가 ECU라 불리는 것이다.

나대방은 보면서도 믿기지 않는지 눈을 비볐다.

"지금부터다. 문제. EDR 해석 어렵다."

"해석이라면 또 전문가가 있지 않습니까. 일단 용호 형님도 퇴원하면 이쪽으로 오라고 해야겠네요."

"카스퍼스키부터 불러라. 용호 아프다."

"알겠습니다!"

일이 진행되는 듯한 모습에 나대방도 신이 난 듯 보였다. 서둘러 자리에서 일어나 통화 버튼을 눌렀다.

급발진의 원인으로는 수 개의 것들이 꼽히고 있다.

용호가 확신하고 있는 ECU 문제, 또는 브레이크 진공 배력 장치, TBW, 그리고 원인 미상과 운전자의 과실.

이중에서 가장 많이 손꼽히고 있는 것이 운전자의 과실이다.

"혹시 나이가 있으셔서 액셀을 밟으신 것 아닙니까?"

병원으로 찾아온 영업 직원이 한다는 말이었다. 용호의 아버지가 60대가 되어가는 나이긴 했다.

그러나 그 정도의 사리 분별은 아직 남아 있었다. 운전 경력만 30년이다.

"아닙니다."

기가 차서 제대로 말을 하지 못하시는 아버지를 대신해 용호가 나섰다.

"운전자 아니신 분은 빠져주시는 게 좋을 것 같은데요."

"저도 동승자였습니다. 바로 조수석에 앉아서 차가 급. 발. 진. 하는 걸 경험했습니다."

용호가 유독 급발진이라는 단어를 강조하며 말했다. 그러자 양복쟁이가 얼굴을 찌푸렸다. 현기 자동차의 관련 인원은 아예 오지도 않았다.

차를 팔았던 영업 직원 한 명이 병원에 나와 용호를 상대하고 있었다.

"확인되지 않은 사실을 그렇게 얘기하시면 허위 유포로 고소 당하실 수 있는 건 알고 계신 거죠?"

"푸하하하하."

용호가 허위 유포라는 말에 어이가 없어 오히려 크게 웃어버렸다.

이미 기사를 검색해 보고 급발진 사고에 대해 제조사가 어떻게 대응하는지 대충은 알고 있었다.

막상 맞닥뜨리니 황당하기 그지없었다. 만약 자신이 옆에 없을 때 아버지가 운전을 하기라도 했다면?

용호는 상상만으로도 끔찍했다.

한바탕 웃음을 터뜨린 용호가 말을 이었다.

"허위 유포요?"

"차 수리비는 조금 보태줄 수 있습니다. 이미 보험사에서도 충분히 보상을 받으신 것 같은데 이쯤에서 끝내는 게 서로를 위해 좋지 않겠습니까."

직원은 타협의 여지를 두고 있지 않다는 듯 단호했다. 급발진 사고라고 알려진 사고 80%는 실제로도 운전자의 과실로 판명된다. 나머지 20%만이 급발진으로 의심될 뿐이다.

말 그대로 의심, 아직 대한민국에서 급발진으로 인정받은 사례는 단 한 건도 존재하지 않았다.

그래서인지 마치 용호를 블랙 컨슈머쯤으로 취급하고 있는 듯 보였다.

"서로가 아니라 당신네들만 좋겠죠."

"소송으로 가봤자 힘들 텐데요."

차를 팔 때 알랑방귀를 뀌던 영업 직원이 누워 있는 용호를 비웃었다.

급발진을 인정받기 위해서는 소송으로 갈 수밖에 없다. 그리고 지금까지 소송에서 현기 자동차를 이긴 사례는 단 한 건도 없었다.

이미 결과로 나타나 있었다. 영업 직원은 시작도 하지 않은 채 승리에 도취되어 있었다.

그 모습이 역겨웠다.

누워 있던 용호가 아무 일도 아니라는 듯 옆에 있던 초콜릿을 하나 까며 담담하게 말했다.

"힘들어도 어쩌겠어요. 이렇게들 배 째라고 나오시는데, 그 배 속 한 번 후벼 파 드려야지요. 하나 드실래요? 먹고 죽은 귀신 때깔도 좋다는데."

영업 직원에게 건네준 초콜릿은 목적지에 닿지 못했다. 직원은 기가 찬 듯 찬바람을 일으키며 병실을 나가 버렸다.

*　　　　　*　　　　　*

용호는 처음부터 기분이 좋지 않았다.

'본사 직원도 아니고 겨우 영업 사원 한 명만 보낸다 이거지.'

말이 곱게 나갈 수가 없었다. 자신뿐만이 아닌 아버지까지 다친 상황이다.

화가 나지 않는다면 정신 감정을 받아야 한다.

"요, 용호야, 괜찮니?"

옆에 함께 서 계시던 어머니가 물어왔다. 평소와 다른 모습에 다소 놀란 듯 보였다.

"괜찮아요. 너무 걱정 마세요. 잘될 거예요."

아버지는 그저 조용히 용호를 바라보았다. 두 눈 속에는 걱정이 가득했다.

현기 자동차의 힘을 그 누구보다 잘 알고 계신 분이다. 조용히 있던 아버지가 용호에게 말했다.

"정말 괜찮은 거냐? 우리는 이대로도 만족한다."

혹시 우리 때문이라면 걱정 말라는 말. 그러나 그것 때문만은 아니었다.

"정말 괜찮으니까 걱정 마세요. 편히 쉬시면서 빨리 몸 회복하실 생각만 하세요."

그러면서 용호는 팔이나 다리에 힘을 주어 보았다.

'슬슬 움직여도 괜찮겠네.'

힘을 주는 대로 팔과 다리가 따라 주었다. 이제 움직여도 괜찮을 듯싶었다.

아버지는 좀 더 안정을 취하셔야 했다.

용호가 먼저 퇴원을 결정했다. 할 일이 있었고, 젊음이라는 요소가 더 빠른 회복을 도왔다. 환복을 한 후에 병실을 나서려는데 어디서 많이 본 사람이 문 앞에서 들어오려 하고 있었다.

"티, 팀장님?"

자신도 모르게 나온 팀장 소리였다. 이제는 팀장이 아닌 정단비가 그곳에 서 있었다.

이제 왼팔 깁스만 남았다. 그래도 안쓰러워 보였는지 수족이 자유롭지 않은 용호를 위해 정단비가 커피를 가지고 자리로 돌아왔다.

'이럴 때 보면 그래도 꽤 착하단 말야.'

용호는 자리에 앉아 두 손에 커피를 들고 오는 정단비를 바라보았다.

그런 정단비를 보고 있는 건 용호만이 아니었다. 병원 1층 커피숍에 앉아 있던 남자들이 힐끔거리며 정단비를 보고 있었다.

그러고는 정단비가 향하고 있는 목적지를 또 한 번 힐끔거렸다.

'분명 돈이 많은 걸 거야.'

사람들이 무슨 생각을 하고 있는지 마치 귀에서 들리는 듯 생생하게 전해졌다.

'나도 그랬었으니까.'

용호는 자신도 모르게 피식거렸다.

들고 온 커피를 내려놓으며 정단비가 용호를 보고 있었다.

"뭘 그렇게 피식거려요?"

"아, 그, 그냥 옛날 생각이 나서요."

"옛날?"

정단비가 눈동자를 위로 치켜뜨며 고개를 갸웃거렸다. 그 모습이 그렇게 귀여울 수가 없었다.

속된 말로 종자가 달랐다.

"그나저나 여기는 어쩐 일로……."

용호가 애써 말을 돌렸다.

"먼저 귀국을 축하드려요. 오자마자 이렇게 사고를 당한 건 유감스럽지만 액땜했다고 생각해요."

"하하, 전 오히려 로또 맞았다고 생각하고 있습니다."

용호가 앞에 놓인 커피를 한 잔 마시며 웃어 보였다. 차가운 아메리카노가 병원 신세를 지며 가라앉아 있던 정신을 일깨워 주었다.

"그런 긍정적인 모습은 여전하네요."

"팀장님도 좋아 보이십니다."

용호는 진심이었다. 이십 대 후반으로 넘어가며 정단비는 꽃봉오리가 만개하듯 화사하게 피어났다.

남자들의 힐끔거림도 꽃향기에 취한 자연스러운 현상이었다.

"오늘 힘 좀 주고 왔는데 다행이네요."

정단비도 앞에 놓인 커피를 머금었다.

'뭐, 뭐야. 나한테 관심 있나.'

용호가 생각에 빠져 있는 사이 시간은 빠르게 지나갔다. 그냥 얼굴이나 보러 왔다며 정단비는 한 시간 정도 지나자 자리에서 일어났다.

"그럼 또 만나요."

용호는 멀어져 가는 정단비를 멀뚱히 바라보았다.

"요새 얼굴이나 보자는 사람이 많네."

그냥 얼굴이나 보고 싶어서 찾아왔다는 정단비.

한국에 온 지 얼마 되지 않아서인지 용호를 찾는 곳이 많았다.

택시를 타고 용호가 도착한 곳은 나대방이 마련해 놓은 창고였다. 문을 열고 들어서니 분해된 자동차의 잔해들이 이곳저곳에 널려 있었다.

셋은 컴퓨터 앞에서 너무나 열정적으로 키보드와 마우스를 두드리고 있었다. 흐뭇한 모습이었다.

단지 용호의 예상과 달랐을 뿐이다.

"탑 뭐 하냐!"

"CS 관리 안 해?"

"서폿!"

"뭐, 뭐 하냐?

용호가 물었지만 게임에 정신이 팔려서인지 아무도 대답하지 않았다.

"대, 대방아, 뭐 해?"

"아, 진짜 뭐 하기는, 탑 지원 가잖아!"

"하아……."

용호가 그나마 성한 오른손으로 주머니에서 초콜릿을 꺼내 먹었다. 그제야 머리끝까지 올라오던 스트레스가 차츰 가라앉음을 느꼈다.

승리.

게임에서 승리했다는 표식이 화면에 뜨자 셋은 서로 얼싸안고 기뻐했다. 다른 사람의 손이 몸에 닿는 걸 극도로 싫어하는 카스퍼스키조차 순간의 기쁨으로 얼싸안고 있었다.

"어, 오셨어요?"

나대방이 먼저 뒤쪽에 앉아 있는 용호를 발견했다.

"용호 왔다."

그리고 제임스가 용호를 반겼다.

"왔냐?"

지금 자신들이 뭘 하고 있는지 카스퍼스키는 깨달은 듯했다. 약간은 겸연쩍은 듯 보였다.

"보니까 팀워크는 충분히 길러진 듯한데… 얼마나 진행됐는지 한번 볼 수 있을까?"

용호의 말에 제임스가 앞으로 나섰다.

"맞다. 용호 말 맞다. 이것 봐라."

제임스가 게임을 끄자 그곳엔 표로 정리된 숫자들이 온 화면을 차지하고 있었다.

자동차의 사고 기록 장치 EDR.

영상과 음성 기록을 제외한 자동차의 속도(Speed), 브레이크(Brake) 작동 여부, 엔진 회전수(Rpm), 시트벨트(Seat belt) 착용 여부, 충격의 심각도(Crash severity : delta_v), 가속페달 위치(Accelerator pedal position), 조향 각도(Steering wheel angle)와 타이어 공기압(Tire pressure), 변속기어 위치(Transmission gear position), 에어백의 전개 정보(Airbag deployment data) 등… 각종 사고 및 충돌 정보를 기록하는 장치였다.

이중 용호가 주목한 건 브레이크(Brake) 작동 여부였다.

"내 기억으로는 시동 버튼을 누르자마자 브레이크를 밟았는데, 그 시간도 확인할 수가 있어?"

"시동 시간, 브레이크 시간?"

용호가 고개를 끄덕였다. 제임스가 앞에 놓은 표에서 몇 가지를 가리켰다.

17:32:38.

17:32:40.

앞에 것이 브레이크를 밟은 시간, 뒤에 것이 엔진 회전수가 올라가기 시작한 시점이었다.

"2초 더 빨랐네. 이런 개……."

용호는 겨우 욕지거리를 삼켜냈다. 분명 표에서도 말하고 있었다.

급발진.

차가 급발진되었다.

함께 표를 확인한 나대방이 옆에서 침을 튀기며 열변을 토했다.

"이거 진짜 대박 아닙니까? 알아보니까 지금까지 급발진으로 인정된 건이 한 건도 없다고 하던데… 까딱하다간 현기 자동차 끝장나겠어요."

"과연… 그렇게까지 되기에는 증거가 부족한 것 같다. 그렇게 쉽게 무너질 기업도 아니고."

"부족해요?"

"그래, 이 정도로는 부족해. 이슈화는 될지 몰라도 언제나 그랬듯, 거품처럼 피어올랐다가 순식간에 사라지겠지."

용호는 비관적인 입장을 견지했다.

"아예 빼도 박도 못할 그런 증거가 필요해."

"어, 어쩌시려고요."

나대방이 불길한 예감이 엄습하는 듯 중얼거렸다. 벌써 며칠째 집에 들어가지 못하고 있었다.

제임스나 카스퍼스키야 어차피 홀몸이다. 꼭 들어가야 할 집이 없지만 자신은 다르다.

"어쩌기는 찾아내야지."

나대방의 시선은 용호의 뒤편으로 가 있었다. 그곳에는 검은색 캐리어가 당당히 모습을 뽐내고 있었다. 대충 사이즈를 보니 최소 일주일은 집에 들어가지 않을 생각인 듯 보였다.

'울고 싶다.'

나대방은 가슴으로 눈물을 삼켰다.

용호가 하려는 건 예외 케이스를 작성하는 것이다. 급발진이
발생하는 조건을 더욱 명확히 하려는 것이다.

급발진이 백 퍼센트 발생하는 상황을 알게 되면 원인을 파악
하기 쉬워진다.

'버그도 불명확하고 말이야.'

버그창에 올라와 있는 버그 내용이 명확하지 않았다.

제목 : 이상 전기 신호에 의한 스택 공간 부족으로 에러 발
생.

'이상 신호가 정확히 무엇인지 찾아야 해.'

내용에서도 특별한 것을 발견할 수 없었다. 이상 신호가 무
엇인지 버그 내용에 나와 있지 않았다.

해결책 역시 모호했다.

'외부에서 들어오는 전기적 신호를 차단해라?'

같은 상황을 연출할 수 있는 다양한 케이스에 대한 실험이
필요했다. 실험과 자동차 소프트웨어에 대한 공부, 이 둘을 병
행해야 했다.

이제부터는 시간과의 싸움이다.

부르릉.

정상.

부르르르릉.

정상.

지금까지 테스트한 상황만 해도 100가지가 넘어갔다.

핸드폰을 켠 상태에서 시동을 건다.

블루투스 연결을 시도하는 상태에서 시동을 건다.

내비게이션의 전원을 연결한 상태에서 시동을 건다.

이런 간단한 테스트부터 시작했다.

그러나 모두 정상으로 나타났다.

어쩌면 당연한 일이다. 이 정도로 급발진이 발생했다면 현재 출고된 차량을 모두 리콜해야 할지도 몰랐다.

"그러면 2단계 테스트로 넘어간다."

이번에는 블루투스 증폭기를 사용하여 신호를 증폭시켰다. 동시에 바로 옆에 공유기를 두고 와이파이 신호까지 증폭시켰다.

그리고 가스레인지에 들어가는 전자식 점화 장치, 일명 '똑딱이'도 동원되었다.

자동차의 시동을 거는 부분에 전자식 점화 장치를 가져다 대고 전류를 방해했다.

무식하지만 가장 확실한 방법이기도 했다.

"흐음……."

그러나 용호의 눈에 버그가 나타나지 않았다. 테스트를 위해 구매한 차량 두 대 모두 어떠한 버그도 나타나지 않았다.

프로그래머가 가장 싫어하는 일 중의 하나가 반복이다.

그래서 반복되는 코드는 흔히 '냄새나는 코드'라고 하여 리팩토링(코드의 질을 높이는 행위)의 대상이 된다.

그런데 지금 몇 주째 같은 일을 반복하고 있었다.

테스트.

모두를 지쳐가게 만들었다.

'안 되나……'

용호의 머릿속에도 포기라는 단어가 들어오기 시작했다.

아무리 해도 버그도, 급발진도 발생하질 않았다.

'하아……'

나대방이나 제임스도 따라오고 있긴 했지만 지친 기색이 역력했다.

코드만 확인할 수 있다면 한층 쉬워질 수도 있다. 그러나 소스 코드를 제공받을 수도 없었다.

카스퍼스키는 예전에 못하겠다며 뛰쳐나간 상태였다.

'이상하네. 에러는 분명한데……'

용호가 다시 시동을 켜며 계속해서 전자식 점화 장치를 시동 버튼 위치에 대고 눌러댔다.

딸깍.

딸깍.

순간 RPM이 미친 듯이 올라가기 시작했다.

어차피 자동차는 든든히 매여 있기 때문에 브레이크를 밟지 않아도 앞으로 튀어 나갈 일은 없었다.

"됐다!"

또다시 에러 메시지가 튀어나오며 차가 앞으로 달려 나가려 했다.

급발진을 재현한 것이다.

나대방도 카스퍼스키도 모여 있었다.

정확한 원인이 밝혀졌다.

"스택 오버 플로우."

모여 있는 사람들이 좀 더 자세하게 설명해 보라는 듯 용호를 재촉했다.

"계속해서 이상 신호를 주게 되면 내부에서 스택 오버 플로우가 일어난다. 사용하지 않은 전역 변수나 재귀 호출되는 함수들이 스택을 계속 채워 나가면서 결국에는 여유 메모리가 없어 시스템이 이상 작동하는 거지."

"그럼 바로 소송 걸면 되겠네요."

나대방이 신이 난 듯 말했다. 이 정도면 단숨에 Fixbugs가 한국에서 입지를 다질 수 있는 이슈였다.

"아니, 아직은 아냐. 이 정도로 끝낼 수 없지. 대방아, 너희 아버지 힘 좀 빌릴 수 있을까?"

"네? 저희 아버지요?"

"그래. 지난번 얼굴 볼 때도 혹시나 곤란한 일이 생기면 연락하라고 하셨잖아."

"그, 그러기야 하셨죠."

"한번 연락드려 봐. 결코 손해 보실 일이 아닐 테니까."

용호가 초콜릿을 하나 까서 입에 털어 넣었다. 서울의 모처 창고 안에서 벌어지고 있는 일이었다.

Chapter 3
판을 키우다

자동차와 같이 안전에 대한 중요성이 높은 하드웨어에 들어가는 소프트웨어는 몇 계층의 안전장치를 가진다.

　중요한 변수들의 값이 정상적인 절차를 거치지 않고 변경될 것에 대비하기 위해 변수를 복제하여 가지고 있는 층, 정상적으로 작업이 진행되고 있는지 모니터링하는 층, 마지막 최후의 보루에서는 아예 시스템을 재시작해 버린다.

　이런 각 계층을 뚫고 나서야 소프트웨어 결함에 의한 급발진 사고가 발생하는 것이다.

　용호는 이런 자료들을 상세히 조사하여 나선기를 찾아갔다. 그렇다고 자신이 수집한 자료를 모두 보여주지는 않았다.

　비록 나대방의 아버지이기는 했지만 완벽하게 믿을 수는 없었다.

그는 정치인.

신뢰란 지켜야 할 것이 아닌 살아남기 위한 도구에 불과한 사람이었다.

"이건… 너무 큰데……"

현기 자동차.

대한민국을 좌지우지하는 대기업이다. 소위 재벌을 말할 때 빠지지 않고 등장하는 단골손님이다. 상, 하, 좌, 우로 닿지 않는 곳이 없다.

정치권에도 그 끈은 닿아 있었다.

"증거는 확실합니다. 의원님이 힘써 주셔서 국토부에서 나서게만 만들어주시면 됩니다."

나선기가 침음을 흘렸다.

건수가 너무 컸다. 그렇지 않아도 반기업 정서가 국내에 가득하다. 더구나 나선기가 속한 당의 방침도 재벌 개혁이다.

그러나 개혁은 순차적으로 이루는 것이라 생각했다. 자칫 이번 이슈로 현기 자동차의 국내 판매가 저조해지거나 해외 수출 길이 막히면 오히려 역풍을 맞을 수도 있다.

현기 자동차의 매출에 울고 웃는 노동자만 해도 수십만이다. 욕을 하면서도 망하지는 않길 바라는 것이다.

"확실한 건가?"

나선기가 다시 한번 물었다.

"지금도 국민들의 목숨이 일개 기업의 손에 위협받고 있습니

다. 의원님께서 자꾸 재려고만 하시면 비록 대방이의 아버지시
지만……."

더 이상은 무례라고 생각했는지 용호가 뒷말을 삼켰다. 옆에
앉아 있던 나대방은 긴장한 기색이 역력했다.

나선기가 나대방을 바라보았다.

"대방아."

"네."

나선기가 조용히 나대방을 한동안 바라보았다. 나대방이 조
용히 고개를 끄덕였다.

용호를 믿는다는 뜻.

나선기는 아들을 믿어보기로 했다.

이제 옳고 그름의 판단 기준에 이해관계는 배제하기로 했다.

이건 옳은 일이다.

나선기 의원이 나서자 일은 빠르게 진행되었다. 야당에서도
중진 의원, 얼마 전 강남구 을에서 승리함으로써 더욱 탄탄하
게 당내에서 입지를 다졌다.

차기 대선 후보로까지 거론되는 사람이 문제를 들고 나서자
주변에서 빠르게 동조했다.

현기 자동차에게 스폰을 받지 않는 언론까지 등에 업고 나
서자 정부에서도 조사단을 꾸리지 않을 수가 없었다.

그러나 전 국민적인 관심을 끌기에는 부족했다. 차가 없는
사람들에게는 어차피 남의 일이다.

십 대나 이십 대에게 남의 일이 되어버린 것이다.

커진 판에 뿌려질 조미료가 필요했다.

나대방이 앞장서서 말렸다. 너무 위험했다. 까딱 타이밍을 잘못 맞추면 한두 군데 골절되는 것으로 일이 끝나지 않을 수도 있다.

하지만 용호의 고집을 꺾지 못했다.

"걱정하지 말라니까. 그리고 너는 절대 안 돼. 애까지 있는 아버지가 무슨 말도 안 되는 소리야."

"형님! 뭘 그렇게까지 하십니까. 이 정도만 해도 충분한 거 아닙니까."

"그래, 위험하다. 죽고 싶으면 러시아로 가라."

카스퍼스키까지 용호를 말렸다. 얼마나 위험한지 충분히 알 수 있는 일이었다.

"뭐라고 해야 하나. 책임이랄까? 의무랄까? 그렇게 해야만 하는 일이다. 나는 그래야만 해."

누구도 뭐라고 하지 않았지만 용호는 믿고 있었다. 자신이 이렇게 행복하게 살 수 있는 건 지금껏 정직하고 성실하게 살아왔기 때문이다.

옳다고 믿고 행하는 일이 아직 하늘의 뜻을 어기지 않았기 때문이다.

할 수 있는 데까지 한다.

"죽는다니까요!"

나대방이 답답하다는 듯 소리 질렀다. 저렇게까지 하려는 용호가 도무지 이해되지 않았다.

그래야만 한다는 그 말도 스스로에 대한 강박처럼 들렸다.

"내 힘만으로 여기까지 온 게 아니다. 어디 가서 가격표를 보지 않아도 되는 삶을 이룬 건 내 개인의 능력이 아니야. 받았으면 주는 게 당연한 거야."

용호가 나대방을 달래듯 말을 이었다. 담담히 이어가는 용호의 말에 주변의 누구도 반박하지 못했다.

"형님……."

"지금껏 연습했으니 괜찮을 거다."

용호도 불안하긴 했다. 긴장이 되는지 초콜릿을 까는 손이 떨리고 있었다.

강남의 현기 자동차 직영 대리점.

용호가 찾은 곳이었다. 그곳에 카스퍼스키, 그리고 제임스와 나대방을 데리고 방문했다.

"시동 한번 걸어볼 수 있을까요?"

몇몇 지점에서는 거부당했다.

"아, 물론입니다."

그리고 처음으로 승낙을 받았다. 뒤에서 세 명이 지켜보는 사이 용호가 운전석으로 올라섰다. 차 문은 모두 열려 있었고 기어는 중립에 있었다.

손에는 안 보이던 장갑이 끼워져 있었다. 그리고 장갑 끝부분에 얇은 구리 선 하나가 튀어나와 있었다.

"한번 걸어보시죠."

조수석에 앉아 있던 영업 직원을 용호가 물끄러미 바라보았다.

"제가 옆에 누가 있으면 집중이 잘 안 돼서… 잠시 나가주시면 안 될까요?"

"그, 그러시죠."

영업 직원은 이상하다 생각했지만 옷차림부터가 범상치 않았기에 순순히 물러났다. 더구나 옆에 일행까지 있다. 이상했지만 크게 개의치 않았다.

그게 실수였다.

떵떵떵.

시동을 걸자 차의 전면부에 불이 들어오기 시작했다.

불이 채 다 들어오기 전.

쾅!

HK5는 출발했고, 벽을 들이받으며 멈추었다.

기어는 중립.

사이드 브레이크까지 채워져 있는 상황.

영업소에 참혹한 광경이 펼쳐져 있었다.

마치 피폭된 현장처럼 자동차의 잔해가 이곳저곳에 떨어져 있었다.

열려져 있던 차 문짝은 어느새 떨어져 나가 있었고 벽과 정

면으로 부딪친 앞 범퍼는 형체를 찾기 힘들었다.

콘크리트에서 금이 나며 새어 나온 먼지들이 시야를 가렸다.

"형님!"

나대방이 먼저 차로 다가갔다. 에어백이 터져 자동차 안쪽의 상황이 제대로 보이지 않았다.

"용호!"

제임스가 그 뒤를 따라 차로 다가갔다. 먼지가 차츰 가라앉자 희뿌연 형체가 모습을 드러냈다.

"조용히 좀 해라. 고막 떨어지겠어."

용호가 얕은 기침을 내뱉으며 차에서 걸어 나오고 있었다.

처음 벌어졌을 때만 해도 누구도 사태의 심각성을 인지하지 못했다.

두 번째 벌어졌을 때는 자꾸 일이 생기는 것에 대한 짜증이 밀려왔다.

세 번째 벌어졌을 때 윗선으로 보고가 들어갔다.

네 번.

그리고 다섯 번째 일이 터지자 인터넷 세상은 현기 자동차로 점령되었다.

굳이 마케팅을 펼칠 필요도 없었다.

오히려 포털 사이트에 내려달라고 요청을 해야 했다.

계속해서 실시간 검색어 1등을 차지하려고만 했다. 현기 자동차가 1등에서 사라지자 연관 검색어인 급발진이 다시 1등으로 올라왔다.

"또 사라졌는데요?"

"자기네들도 인정했잖아. 검색엔진이 아니라 광고 엔진이라고."

"그나저나 몸은 진짜 괜찮은 겁니까?"

"괜찮다니까 그러네."

"어휴, 하여간. 진짜……."

나대방이 한숨을 쉬고 있는 사이 병실로 간호사가 들어왔다.

"환자분, 주사 맞을 시간입니다."

용호는 여행을 간다는 핑계를 대고 병원 신세를 지고 있었다. 괜찮을 수가 없었다.

옆에 앉아 있던 나대방이 답답한 눈빛으로 용호를 바라보았다.

"국토부 조사는 어떻게 됐어? 시작했냐?"

"시작은 했는데… 애매… 합니다……."

말을 하던 나대방이 고개를 절레 저었다.

나선기가 보좌관의 보고를 듣고 있었다.

"얼마나 걸린다고?"

"전문가로 구성된 조사단을 꾸리는 데만 수개월이 소요된다고 합니다."

"……."

"아무래도 시간을 끌려고 하는 것 같은데… 이래서는 죽도 밥도 안 될 것 같습니다."

"용호 씨는 병원에 입원해 있는 상황이란 말이지……."

"네, 아드님이 간호를 하고 있다고 합니다. 그리고 현기 자동차에서 면담 요청이 들어왔습니다."

보좌관이 조심스럽게 말을 꺼냈다.

"알았네."

"그럼 스케줄 잡아놓겠습니다."

보고를 마친 보좌관이 물러나고 나선기의 주변에 적막감이 찾아들었다.

TV를 보고 있던 용호가 흐뭇한 미소를 머금고 있었다. 인터넷 세상의 논란은 현실 세계로까지 이어졌다.

'꼬시다.'

한 손으로는 여전히 초콜릿을 까먹고 있었다.

"형님, 손님 왔습니다."

"어, 그, 그래."

목에 깁스를 차고 있던 용호가 고개를 돌려 반대편을 바라보았다. 그곳에 검은빛 정장에 서류 가방을 하나씩 든 사람들이 차례차례 들어서고 있었다.

"이용호 씨?"

"아, 접니다."

"안녕하십니까. 현기 자동차 법무 대리 '평정'에서 나왔습니다."

용호도 익히 들어 알고 있었다. 국내에서 가장 유명한 로펌 세 곳 중 한 곳이다.

들어선 사람들은 하나같이 잘 다려진 양복에 머리에는 포마드 기름이 잔뜩 발라져 있었다.

"협상할 생각이 없다고 들었습니다."

"네. 이미 말씀드렸을 텐데요."

"그러면 저희도 영업 방해 및 손해배상으로 대응하는 수밖에 없습니다. 왜 쉬운 길을 두고 돌아가려 하십니까."

"너 같은 양복쟁이들 때문에."

"…네?"

병실로 들어선 대표 변호사가 당황스러운 표정으로 반문했다. 그 표정을 보자 더욱 화가 났다.

지금의 내가 아니었다면 어떻게 되었을까.

"일 년 365일 야근에 특근을 해가며 모은 돈으로 새해 첫 차를 장만했다. 어렵게 산 차이니 만큼 가족들과 함께 놀러 가고 싶었어. 그런데 쾅! 차는 미친 듯이 앞으로 달려 나갔고 나는 가족을 죽인 살인범, 혹은 평생 지워지지 않을 상처만 남긴 죄인으로 전락하겠지. 열심히 살아온 가장일 뿐인데 말이야."

"지금 뭐라는 겁니까?"

"너도 가족이 있냐?"

이제는 아예 대답도 하지 않았다. 병실로 들어선 변호사는 용호의 말을 그저 헛소리 치부했다.

그런 변호사를 보며 용호가 말을 이었다.

"증인들은 어차피 현기 자동차 직원들이니까 나한테 불리하게 증언할 테고, 지금까지 급발진으로 인정받은 적이 없으니 당연히 재판에서 유리하다 생각하고 있는 거겠지. 그러니까 여기까지 찾아와서 사과는 하지 못할망정 영업 방해니 손해배상이니 운운하는 거 아닌가?"

용호가 옆에 놓인 초콜릿을 하나 뜯었다. 일순간 병실이 조용해졌다. 사락사락 초콜릿 껍질을 까는 소리밖에 들리지 않았다.

이렇게까지 격렬하게 반응할지 몰랐는지 변호사도 당황한 표정이 역력했다.

그러나 어차피 승패가 정해진 게임이다.

정해지지 않았다면 아예 시작조차 하지 않았을 것이다. 변호사의 진정한 능력은 법정에서 발휘되는 것이 아니다.

이미 승과 패를 정해 놓은 판에 상대를 끌어들이기만 하면 된다. 이번 상대 역시 크게 다르지 않을 것이다.

현기 자동차는 그럴 만한 힘이 있다.

"얼마 전에 영업 직원이 배 째라는 식으로 찾아왔길래 아주 후벼 파준다고 했는데, 이번에는 협박을 하니… 어디 한번 끝까지 가보자고."

초콜릿이 입안에서 녹으며 달콤함을 넘어선 쓴맛이 입안을 가득 메웠다.

써도 너무 썼다.

자신의 예상과 한 치도 다르지 않은 반응을 하고 있는 현기 자동차의 대처도, 그들의 앞에 서서 한 치의 부끄러움도 없이 손해배상을 운운하는 저들의 모습도 초콜릿이 들어간 용호의 입맛을 쓰게 했다.

*　　　　*　　　　*

보쉬.

덴소.

콘티넨탈 오토모티브의 공통점은 세계적인 자동차 부품 회사들이라는 점이다.

ECU 칩은 자동차 부품 중에서도 핵심에 속하는 부품, 현기자동차 역시 이들 회사와 협력하고 있었다.

그러나 일반적인 갑과 을의 관계와는 다르다.

핸드폰 제조사에서 주로 사용하는 퀄컴사의 칩처럼 갑 대 갑의 관계인 것이다.

그리고 이들 회사에도 수많은 소프트웨어 인력이 근무하고 있었다. IoT라는 세계가 점차 구체화될수록 하드웨어와 소프트웨어 두 분야에 대해 모두 알고 있는 인력에 대한 수요는 급증했다.

그리고 그런 인력은 쿠글에도 수없이 근무하고 있었다.

"그래서 의견을 내줄 수 있다는 거예요?"

─그런데 조건을 달았어. 문제 하나를 해결해 달라고 하더라. 그러면 네가 말한 대로 우선 살펴보고 크게 문제가 없으면

의견을 내준다고 했다.

"그 정도면 충분합니다. 힘써줘서 고마워요, 제프."

—그래, 또 부탁할 게 있으면 연락하고.

전화를 끊은 용호가 또 어딘가로 전화를 걸었다. 이 자리에 올 때까지 놀고 있지만은 않았다는 것을 증명하기라도 하듯.

변호사가 돌아가고 다섯 개의 동영상이 인터넷에 업로드되었다. 전시장 입구에 들어서는 장면부터 시작된 동영상은 중간중간 화려한 효과와 함께 몇몇 화면들을 강조했다.

운전석에 앉는 장면.

기어가 중립에 있는 장면.

그리고 시동이 걸리며 차가 급발진하는 장면까지… 누구나 알아볼 수 있도록 각종 효과와 함께 강조되어 있었다.

—어디서 주작질이냐.

—영상 처리 분야에서만 십 년 동안 재직한 전문가의 눈으로 볼 때 절대 조작이 아닙니다.

—주작! 주작! 주작!

—현기 자동차 쌤통이다. 이제 급발진 그 진실을 밝히자!

—지렸다. 오졌다.

—어디서 많이 봤다 했더니 이분 신세기 몰 버그 알려준 그분 아님? 아이디가 k—coder 로 똑같은데?

동영상을 확인하던 나대방은 실시간으로 올라오는 댓글에 놀라움을 금치 않을 수가 없었다.

"와우, 형님 댓글이 엄청나게 달리는데요? 더구나 조회 수가 벌써 십만을 넘었어요."

"아무래도 영상이 자극적이기도 하고, 현기 자동차가 국내에서 어떤 이미지를 가지고 있는지 알려주는 거겠지."

"아무리 그래도… 너무 빠른데요?"

"좋지 뭘 그래. 혹시 이상한 글은 없나 계속 모니터링해 주고."

병원에 누워 있던 용호가 병원 창밖을 바라보았다.

"이제 얼마 안 남았어."

마침 해가 저물며 석양이 지고 있었다.

눈빛은 목적지를 찾지 못한 채 허공을 헤매고 있었다. 바짝 긴장했는지 연신 마른침을 삼켰다.

탁자 아래로 내려가 있는 주먹에는 힘껏 힘이 들어가 있었다.

"그래서. 급발진이라 의심을 한다는 겁니까?"

"네. 저도 블랙박스 화면을 봤지만 급발진이 맞는 듯……."

말을 하던 영업 직원이 말을 멈춘 채 슬쩍 눈치를 살폈다. 본사 직원의 얼굴이 살짝 굳어졌다.

용호에게 차를 팔았던 영업 직원은 순간적으로 다시 말을 바꾸었다.

"그쪽에서 부모님이 차를 운전하셨다는데 딱 보기에 나이가 많아 보이셨습니다. 최소 60대?"

"운전자 과실이 확실하겠네."

본사 관리 직원으로 보이는 남자가 단정하듯 결론을 내렸다. 이후 영업 직원이 하는 일이라고는 그 말에 동조하는 것 말고는 없었다.

"맞습니다. 그래서 저도 보험금으로 처리하고, 차량 수리비로 약간의 돈을 보태줄 수 있다고 했습니다."

"알겠습니다."

본사 직원의 말에 남자가 영업 직원이 고개를 꾸벅 숙이고는 사무실을 나갔다.

"동영상 찍힌 영업 직원들 불러주세요."

아직 입을 맞추어야 할 사람이 다섯이나 남아 있었다.

현기 자동차 연구소.

바쁘게 돌아가는 건 사무직만이 아니었다. ECU에 들어가는 소프트웨어 연구소도 마찬가지였다.

비록 변호사가 법적 문제는 해결해 준다고 하지만 소프트웨어 이슈를 그대로 둘 수는 없다.

외부에서 확인된 사항을 연구소에서 모른다?

말도 되지 않는 소리다.

그렇게 연구원들은 오늘도 야근이 확정되었다.

"이럴 거면 그냥 외주를 주든가. 왜 자체 개발을 하겠다고 해서는……."

연구소는 죽을 맛이었다. 가장 어려운 문제가 '어쩌다가 발생하는' 문제다.

일정하게 정해진 패턴에서 항상 문제가 발생한다면 오히려 간단하게 해결할 수 있다.

그러나 '왜' 발생하는지 모른다면 '어떻게' 해결해야 할지도 없다.

"위에 요청했어?"

"지금 실리콘밸리에 가 있다는데… 일단 요청은 했다."

지금 인원들로는 해결이 불가능했다.

연봉 2억 대리.

핵심 인재로 특별히 관리되는 인재 풀에 있는 사람의 도움이 필요했다.

흔히 생각하는 대기업에서는 보일 수 없는 모습이다.

"제가 꼭 가야 됩니까? 여기도 해야 할 게 많은데……."

"본사 사정도 급한 모양이야. 그리고 자네가 개발에 참여하지 않았나."

"아, 왔다 갔다 귀찮은데."

남자는 귀찮은 표정을 감추지 못했다. 윗사람의 지시는 전혀 신경 쓰지 않았다.

"특정 패턴에 대해서 급발진 사고가 계속 일어나는 모양이야."

"급발진이 발생하는 패턴이 있다고요?"

귀찮아하던 표정이 호기심 어린 얼굴로 변했다.

"그렇다니까. 일단 동영상부터 한번 보게나."

남자는 그제야 열의를 가지고 윗사람의 말에 응했다.

그의 이름은 박해진, 용호가 세계 최고의 프로그래머를 겨루는 대회에서 만났던 그 남자였다.

*   *   *

용호도 국토부 조사를 크게 기대하진 않았다. 어차피 한통속이다. 국토부의 퇴직 공무원이 현기 자동차의 임원으로 간다는 설이 파다했다.

그 나물에 그 밥.

밥에다 똥물을 퍼부으려 하는 용호의 시도는 막힐 것이라 누구나 예상할 수 있었다.

단지 이슈화를 시키기 위한 도구였을 뿐이다.

"현기 자동차 반응은 어때?"

"뭐, 여전하죠. 그저 무시로 일관하고 있어요."

"대단하긴 해. 이 정도 이슈에도 그저 무시하고 넘어가니 말이야."

"협박, 회유의 반복만 되풀이될 뿐. 이렇게까지 인정하지 않을 줄은 저도 몰랐습니다."

"미국에 수출된 차량도 같은 결과를 보인다고 했지?"

"미국만이 아닙니다. 유럽, 중국 등 전 세계에 수출된 차량 모두 동일한 결과를 보이고 있어요."

"결과서는?"

"지금 제시가 가져오고 있습니다."

"그래. 오랜만에 얼굴도 볼 겸 잘됐네. 몸도 이제 찌뿌듯한 걸 보니 괜찮아진 모양이야."

인천공항.

출국장으로 선남선녀가 들어서고 있었다. 둘 모두 선글라스를 착용하고 있었지만 그 아래로 드러나는 훤칠한 외모를 감추지 못했다.

그 속에 낯선 사람 한 명이 끼어 있었다.

"이렇게 무작정 찾아가도 되나 모르겠네요."

"상관없을 거야. 어차피 한국 지사도 인원 채용을 해야 하니까."

"하, 하긴 그렇겠죠?"

루시아는 여전히 용호에게 알리지도 않은 채 급작스럽게 한국을 찾은 것이 마음에 걸리는 듯했다.

그러자 옆에서 함께 들어서던 데이브가 나섰다.

"걱정 마. 용호가 내 말이라면 껌벅 죽으니까."

"사장님한테 용호라니, 너는 어떻게 교육을 해도 안 되냐."

제시가 데이브를 보며 답답하다는 듯 선글라스를 벗었다.

꿀껵.

이번에는 주변의 남자들이 마른침을 삼켰다.

"어서 가기나 해. 시간 없다."

제시를 보고 있던 남자들의 시선이 뒤쪽에 가려져 있던 루시아에게로 옮겨졌다. 다시금 남자들의 목울대가 꿀렁였다.

그런 남자들에게는 시선도 주지 않은 채 루시아의 시선이 한곳에 고정되었다.

데이브도 반가운지 세차게 손을 흔들었다.

용호와 나대방, 제임스와 카스퍼스키가 그곳에 서 있었다.

시간이 지날수록 불리해질 수도 있는 게임이다. 세상에 넘쳐나는 뉴스거리에 쥐도 새도 모르게 묻힐 수 있다.

그전에 처리가 필요했다.

미국에서 온 제시 일행을 태우자마자 차는 바로 목적지로 출발했다.

"정말 메울 수 있겠어요? 지금 들어간 돈만 수백만 불에 달해요."

"그 점은 걱정하지 말고, 가서 실수하지 말고 잘 해보자고. 오늘 하루 만에 지금까지 미국에서 발생시킨 매출이 나와줄 수도 있으니까. 그나저나 루시아는 여기까지 웬일이야?"

루시아는 예정에 없던 인물이었다. 용호가 원했던 건 제시. 데이브는 당연히 함께 올 것이라 예상했다.

용호의 물음에 제시가 대신 나섰다.

"이 친구가 한국에서 일하고 싶다 해서요."

"저, 저도 한국에서 일해도 될까요?"

"그래? 뭐, 그렇게 해."

그리 어려운 일도 아니다. 이제 한국에서도 일거리가 밀려들어 슬슬 사람을 뽑아야 할 테니까.

용호의 차량이 도착한 곳은 현기 자동차 본사가 위치한 삼성역이었다.

으리으리한 빌딩.

주변을 오가는 사람들도 고개를 뒤로 젖힌 채 한 번씩 구경할 만큼 빌딩은 하늘 높은 줄 모르고 치솟아 있었다.

우리나라 최고층을 자랑하는 빌딩으로 어느새 서울의 랜드마크로 자리 잡았다.

"이런 데 쓸 돈은 있고, 참."

빌딩을 짓는 데 들어간 돈만 해도 십조는 우습게 넘는다고 들었다. 부지 매입에서 빌딩 건설까지… 한두 푼 들어가는 일이 아니었다.

혀를 몇 번 찬 용호가 함께 온 일행들을 향해 말했다.

"들어가자."

백팔십 가까이 되는 용호 키의 두 배는 됨직한 자동문이 마치 주인을 알아보듯 스르륵 열리며 출입을 허용했다.

이미 사전 미팅을 잡아놓았다.

Fixbugs.

쿠글의 협력사이자 나사의 파트너사로 선정된 실리콘밸리의 혜성 같은 기업.

말만 번지르르했다면 현기 자동차에서도 무시했을 것이다. 그러나 확인 결과, 어느 것 하나 거짓인 게 없었다.

현기 자동차로서도 응대하지 않을 수 없었다.

비록 겉으로는 아무렇지 않은 척하고 있었지만 내부에서는 비상사태에 준하는 상황이 펼쳐지는 중이다.

연구소의 불은 꺼질 줄 몰랐고, 관련 인원들은 벌써 주말 반납을 한 지 오래되었다.

"그래서 코드만 보여주면 해결할 수 있다, 단지 조건이 있다… 이 말씀입니까?"

"맞습니다. 거기에 더해서 저희 회사 사장님이 구매했던 자동차에 대한 급발진 사고 공식 인정. 국내에 판매한 전 차종에 대한 리콜. 또 하나하나 읊어드려야 합니까?"

제시가 눈을 치켜뜨며 말했다.

'저렇게 말할 때면 나도 무섭다니까.'

"급발진이라는 게 참 애매해서… 저희 측 연구소 말에 따르면 급발진으로 인정할 만한 근거가 부족하다고 결과가 나와서 말이죠."

그 말에 제시가 서류 한 장을 꺼내 들었다.

"여기 있는 게 뭔지 이미 들으셨을 겁니다. 저희가 자체 조사한 결과인데, 현재 현기 자동차가 전 세계에 수출하고 있는 자동차들에 대한 급발진 관련 조사 결과입니다. 각 정부에 보낼

까요? 이미 아시겠지만 저희는 '나사'의 위성 오류 문제도 해결할 만큼의 기술력을 가진 업체입니다."

제시의 말에 협상 테이블로 나선 남자는 꿀 먹은 벙어리처럼 아무 말하지 못했다.

"그리고 한 가지 더 말씀드리자면 세계적으로도 인정받는 각 기업들에게서 급. 발. 진 가능성이 있다는 코멘트를 받은 상태입니다."

제시가 '급발진'을 재차 강조했다.

용호는 한 발 물러서 상황을 지켜보았다. 아무래도 협상을 하거나 조리 있게 말하는 데는 제시가 한 수 위라 생각해서였다.

그리고 용호의 시선은 자꾸만 한 남자에게 가 있었다.

'어디서 많이 본 것 같은데……'

마침 남자와 시선이 마주쳤다. 그러자 남자가 먼저 용호에게 자그맣게 꾸벅 고개를 숙였다.

용호 역시 자신도 모르게 마주 고개를 숙였다.

'아! 박해진.'

남자가 앞으로 나서며 입을 떼었다.

Chapter 4
자문 위원

세계 최고의 프로그래머를 겨루는 대회에서 만났던 기억이 떠올랐다. 당시 정신이 없어 간단하게 인사를 나누고 헤어졌다.

　그를 이곳에서 다시 만나게 될 줄은 몰랐다.

　"혹시 아실지 모르겠는데 저희 ECU에 들어가는 소프트웨어는 네 단계에 걸쳐서 만약에라도 있을지 모르는 오류에 대해 방비하고 있습니다. 이 정도 자료로 저희 측에 문제가 발생한다는 것을 어떻게 믿습니까?"

　"그러면 저희는 어떻게 현기 자동차를 믿고 저희가 수집한 자료를 모두 공개하죠?"

　"그래도 이 정도 자료로 급발진을 인정하기에는 근거가 너무

빈약합니다."

그 말에 뒤에 앉아 있던 용호가 앞으로 나섰다. 협상은 제시가 하지만 기술적인 문제에 대해서는 용호가 말을 하기로 사전에 역할 분담이 되어 있었다.

"그럼 비표준 OSEK 채택, MISRA—C 규칙 위반, 과도한 재귀 함수 호출… 이 정도만 일단 확인해 보시죠. 위반했는지, 하지 않고 있는지 확인해 보면 되지 않습니까? 어차피 바로 확인 가능할 테니 잠시 휴식 시간을 가질까요?"

용호가 현기 자동차에 건네준 간략 보고 서류에 적혀 있는 것보다 좀 더 구체적으로 문제를 언급했다.

박해진도 고개를 끄덕일 수밖에 없었다.

OSEK.

독일에 있는 단체로 OSEK는 자동차 전체의 다양한 전자 제어 장치를 위한 표준 소프트웨어 아키텍처(ECU)를 제공하는 일종의 표준 단체다.

MISRA—C(Motor Industry Software Reliability Association)의 목적은 C언어로 작성된 임베디드 시스템의 코드 안전성, 호환성, 신뢰성이다. 특히 자동차 산업에 특화되어 있다.

자동차 산업에 특화되어 있지만 우주, 항공, 의료 등에서 쓰이는 C 프로그램을 만들 때 사용하는 일종의 가이드라인을 제공해 준다.

용호도 나사의 의뢰를 받았을 때 좀 더 자세하게 내용을 확인했었다.

용호의 말을 듣고 다시금 코드를 살펴본 박해진이 중얼거렸다.

"문제가 많긴 하네요. 콜백 지옥도 많고."

박해진의 말에 현기 자동차 연구소의 누구도 쉽게 반박하지 못했다.

직급은 대리지만 연봉은 2억이 넘는다는 소문이 있다. 인사팀에서 특별 관리하는 인재임은 확실했다. 그가 나가면 해당 팀의 팀장이 함께 옷을 벗어야 할 것이라는 소문까지 나돌았다.

그 정도의 능력을 가진 일종의 천재다.

코드를 살펴보던 박해진이 말을 이었다.

"뭐, 반박할 게 없습니다."

자신도 개발에 참여했지만 모든 부분을 도맡은 건 아니었다. 그러기에는 현기 자동차에서 해야 할 일은 많았고 인재는 부족했다.

"그러면 저쪽 말이 다 맞다는 말인가?"

"네."

박해진이 담백하게 답했다

맞는 건 맞다, 틀린 건 틀리다고 답할 자유가 자신에게는 있었다. 일반 직원들과는 달랐다.

숨기고, 감추고, 숙이고, 빌고 하지 않아도 되었다.

"하… 이 정도 사안은 회장님 결재가 필요한데……"

남자는 벌써부터 걱정이 되는지 한숨을 내쉬었다. 박해진이 이 정도로 말할 정도면 정말 문제가 발생하고 있을 가능성이 다분하다고 봐야 했다.

만약 Fixbugs에서 가지고 있는 문건이 정말 수출국에게 공개가 되기라도 한다면?

끔찍했다.

아마 그 순간 자신은 바로 직장을 잃고 숟가락을 빨아야 할지 몰랐다.

데이브와 루시아는 근처 커피숍에서 언제 끝날지 모르는 협상을 기다리고 있었다.

어차피 같이 가봤자 크게 도움이 될 만한 이야기를 하기가 힘들었다. 루시아가 커피숍에서 높게 솟은 현기 자동차 빌딩을 보며 데이브에게 물었다.

"이야기가 잘될까요?"

"잘될 거야. 내가 아는 용호는 해내지 못하는 일이 없었어. 그게 비록 예상치 못하게 발생한 일이라도 말이지."

데이브가 과거를 회상해 보았다.

언제나 그랬다.

자신도 어디 가서 꿀리지 않는 실력과 머리를 가지고 있다 생각했다. 그런 생각이 용호를 만나면서 무너졌다.

처음에는 그저 좀 더 많이 아는 친구라 생각했다. 지금의 격차는 금방 좁혀질 거라 생각했다.

하지만 아니었다.

"하긴 사장님 보면, 어떻게 그렇게 똑똑한지 감탄밖에 안 나와요. 처음 봤을 때나 지금이나……."

그래서 그런 것인가. 루시아의 시선은 하늘을 찌를 듯한 마천루를 향해 있었지만 마음은 다른 곳에 가 있었다.

똑똑똑.

용호 일행이 쉬고 있는 방문을 누군가 두드렸다. 문을 열자 낯익은 인물 한 명이 서 있었다.

"따로 이야기 좀 할 수 있을까요?"

박해진 그였다. 그가 용호를 보고 있었다.

"그러죠."

용호가 자리에서 일어나 박해진의 뒤를 따라갔다.

차가운 얼음이 컵을 가득 메우고 있었다. 컵에 닿아 있는 손에서 올라온 시원함에 용호가 더욱 세게 컵을 쥐었다.

"이런 곳에서 만나게 될지는 정말 꿈에도 몰랐습니다."

용호도 어색하게 웃으며 말했다.

"하하, 네. 그때는 저도 아쉬웠습니다."

KSN 모임에 참가하며 새로운 만남에 대한 면역력을 키웠다고 생각했는데 아직 부족한 모양이다. 어색함에 뭐라 말을 꺼내야 할지 잘 생각나지 않았다.

"말씀하신 대로 문제가 있더군요. 콜백 지옥에 스파게티로

되어버린 코드까지… 일단 리팩토링부터 시작해야 할 것 같습니다."

"어디나 다 그렇죠 뭐."

용호가 별일 아닌 듯 대수롭지 않게 답했다.

"회사에서는 적당히 타협하고 싶어 하는데… 어떠세요?"

"이미 말씀드린 바와 같습니다."

"역시 그렇군요."

박해진은 고개를 끄덕이며 수긍했다. 굳이 용호를 설득하려하지 않았다. 아예 이런 일 자체가 귀찮은 듯 말했다.

"회사에서 자꾸 말이라도 해보라고 해서, 알겠습니다. 그렇게 전하겠습니다."

말을 마친 박해진이 자리에서 일어났다.

컵에 들어가 있던 얼음이 다 녹았는지 짙은 색 아메리카노가 옅어져 있었다.

데이브와 루시아가 앉아 있던 커피숍으로 각양각색의 차림새를 한 일단의 무리가 들어섰다.

차림새만큼 생김새도 달랐다.

잘생긴 사람 하나에 근육질의 남자 하나, 그 속에 차가운 도시 여자 한 명이 속해 있었다.

"제시!"

데이브가 어미를 쫓는 병아리처럼 제시를 향해 달려 나갔다. 루시아가 뒤에서 그 모습이 부러운 듯 지켜보았다.

데이브가 뒤따라 들어오던 용호를 보며 물었다.

"일은 어떻게 된 거야? 이야기는 잘된 거야?"

"자기들 선에서 결정할 수 있는 문제가 아니래. 그래서 빨리 결정해야 할 거라고 해줬지. 일주일. 그 이후에는 그나마 있는 선택권조차 없어질 거라고."

말을 하던 용호가 오른쪽 입꼬리를 올리며 웃어 보였다. 왠지 모르게 사악해 보이는 그 모습에 데이브가 살짝 몸을 떨었다.

*　　　*　　　*

박해진은 몇 번이고 강조했다.

안 된다.

불가능하다.

계속해서 말했지만 돌아오는 대답은 '무조건 해라'였다.

어떻게든 회사에서 시간을 끌어줄 테니 그전에 문제를 해결해라.

'이걸 어떻게 일주일 만에 하라는 건지.'

박해진은 툴툴거리면서도 코드를 살펴보았다. 자신이 만들었던 핵심 부분에 여러 모듈들이 덧대어져 있었다.

업데이트에 업데이트를 더하다 보니 처음의 구조는 온데간데없이 마구잡이로 뒤섞인 스파게티 코드가 완성되었다.

"저는 말했습니다. 큰 기대는 하지 마시라고요."

"알았다니까 그러네. 어서 살펴봐 봐. 어디에 문제가 있는지. Fixbugs 측에서 준 자료도 있으니 힌트는 주어진 거 아닌가."

용호가 넘겨준 간략한 보고서를 참고하며 박해진이 코드를 살펴보기 시작했다. 남들이 보기에는 그저 자리를 지키고 있는 것처럼 보일 수도 있었다.

모니터 화면을 십 분 정도 확인한 후에 멍하니 창밖을 보는 시간이 한 시간가량 되었다.

그러다 다시 십 분 정도 코드를 확인하고는 다시 멍 때리기 일쑤였다.

타그닥. 타닥.

창밖을 보며 멍 때리던 박해진이 이제 간간이 키보드를 두드리기 시작했다.

코드를 살펴본 지 이틀째 일어난 변화였다.

키보드를 두드리는 모습도 그 전과 별반 다르지 않았다. 한시간 정도 자리에 앉아 코드를 작성하다 이번에는 두 시간 동안 자리를 비웠다.

"이 친구 어디 갔어?"

팀장의 질문에 박해진 옆자리에 앉아 있던 연구원이 자신도 궁금하다는 듯 답했다.

"모, 모르겠는데요……."

"자리 비운 지는 얼마나 됐는데?"

"두, 두 시간? 아, 저기 들어오네요."

다시 사무실로 박해진이 들어오고 있었다. 자신의 자리를 둘러싸고 있는 팀장에게 인사도 하지 않고는 다시 모니터를 바라보았다.

"해진 씨, 회장님이 보고를 해달라고 해서… 말인데 지금 진행 상황이 어떤가?"

"한 절반 정도 진행했다고 해주세요."

"그, 그래? 그럼 일주일 안으로 되는 거지?"

"말씀드렸잖아요. 해봐야 안다니까요."

박해진의 말투에는 짜증이 가득했다. 그러고는 이제 대답하지 않겠다는 듯 머리에 헤드셋을 착용했다.

연구소 내 그 누구도 착용하지 못한 헤드셋, 그 안에서는 인기 걸 그룹의 노래가 흘러나오고 있었다.

오 일이 지났다.

아직까지 일절 연락이 없었다. 용호는 새삼 대기업이라 불리는 집단의 행동에 경이로움을 느끼고 있었다.

"아직 연락 없지?"

남산 타워를 바라보던 제시가 고개를 끄덕였다. 마침 한국에 온 김에 다 같이 관광을 하고 있었다.

"참… 정말 대단하다, 대단해. 아주 끝을 보자는 거지."

그 정도로 압박했으면 인정할 줄 알았다. 그러나 용호의 오산이었다. 생각보다 대기업의 벽은 견고했고, 쉽게 잘못을 인정하거나 생각대로 끌려오지만은 않았다.

"관광하러 와서 자꾸 일 생각 좀 그만해라."

놀러 와서까지 일 생각을 하고 있는 용호에게 데이브가 핀잔을 놓았다.

그러고는 한 손에 들고 있던 솜사탕 한쪽을 떼 내 제시의 입으로 넣어주었다.

"어휴, 저걸."

용호는 앞장서서 가고 있는 데이브를 따라나섰다. 그렇게 또 하루가 지나갔다.

육 일째 되는 날.

드디어 연락이 왔다. 그러나 결과가 용호의 예상과는 살짝 달랐다.

"그러니까, 이것도 급발진을 시켜보라는 말인가요?"

"네. 앞에 보이는 차도 급발진을 시키시면… 인정하겠습니다."

용호가 조건을 달았듯이 현기 자동차에서도 조건을 들고 나왔다.

바로 눈앞에 보이는 차를 급발진시켜 보라는 것.

차는 쇠사슬로 단단히 고정되어 있어, 급발진이 되어도 안전상에는 전혀 문제가 없어 보였다.

"그럼 이렇게 하죠. 미리 사인을 하고 각 서류를 저기 책상 위에 올려놔 주세요. 만약 약속을 어기면 저희는 여기서 바로 저희가 수집한 자료를 각 나라별 정부 및 언론사에 메일로 보내겠습니다."

용호의 말에 제시가 들고 있던 노트북을 책상 위에 펼쳐놓았다.

모니터에는 아웃룩 창이 켜져 있었고, 그곳에는 수십 개의 메일 주소가 이미 적혀 있었다.

"……."

"사인 먼저? 어차피 하셔야 되는 거 아닙니까."

결국 책상 위에 두 개의 봉투가 놓이고 용호가 운전석으로 올라탔다. 그러고는 이미 수백 번은 눌렀을 시동 버튼에 엄지를 가져다 대고 꾹 눌렀다.

부르릉.

신형 차 특유의 시원한 배기음이 삼성역에 위치한 현기 자동차 본사 빌딩 지하를 가득 메웠다.

*   *   *

차에 묶여 있는 쇠사슬들이 끊어질 듯 팽팽하게 당겨져 있었다. 그 자리에 있던 모두가 증인이 되었다.

급발진.

차가 급발진했다. 반박할 수 없는 흔적이 남아 있었다. 자동차의 바퀴가 빠르게 회전하며 바닥에 자국을 남겼다.

조수석에는 정말 급발진이 맞는지 확인하기 위해 현기 자동차의 인물이 함께 타고 있었다.

그 사람이 먼저 차에서 내렸다.

고개를 푹 숙인 상태였다.

아무 말하지 않아도 이미 다들 어떤 상황이 벌어졌는지 인지하고 있었다.

그 뒤로 용호가 차에서 내렸다. 그리고 운전석에서 나와 서류를 집어 들 때까지 자리에서 누구도 움직이지 않았다.

"그럼 계약 완료된 걸로 알겠습니다."

계약서를 가지고 나가려는 용호를 박해진이 급하게 따라붙었다.

"…어, 어떻게 한 겁니까."

분명 코드에 허점은 없다. 자신이 알고 있는 범위라면 그랬다. 이 코드에서 놓친 부분이 있다는 말이다.

"문제가 없어도 문제를 만들면 문제가 된다는 말… 혹시 알아요?"

"……"

박해진은 얼마 전 모 영화에서 들은 듯한 기억이 있었다.

"앞으로 잘 부탁드립니다. 같이 일해야 할 것 같은데."

그 말을 끝으로 용호가 사무실을 빠져나갔다.

이제 계약이 체결되었으니 다음을 준비해야 했다.

*　　　　*　　　　*

사상 초유라고 하기에는 애매했다. 몇몇 워딩의 차이가 현기 자동차의 문제를 현기 자동차의 능력으로 탈바꿈시켰다.

―얼마 전 있었던 HK5의 급발진 추정 현상은 자사의 면밀한 검토 결과, 상당 부분 이상이 있을 가능성이 있음을 발견하였습니다.

―이에 저희 현기 자동차는 정부에서 해당 사안과 관련된 조사단이 만들어지기 전 선제적으로 대응하기 위해 해당 ECU 소프트웨어에 대한 업데이트를 결정하였습니다.

―이는 물론 무상으로 진행될 것이며 업데이트되는 소프트웨어에 대한 검수는 Fixbugs사에서 진행할 것입니다.

함께 사무실에 앉아 뉴스를 보던 나대방이 아쉽다는 듯 중얼거렸다.

"형님, 뭔가 2% 부족하지 않아요?"

"결과적으로 우리가 원하는 대로 다 됐으니까. 만족해야지."

"목숨까지 걸고 한 것치고는……."

나대방이 계속 아쉬운 듯 중얼거렸다. 뉴스에 나오는 내용으로만 보면 모두 용호의 의도대로 되었다.

Fixbugs와 300억 대의 매출 체결.

HK5에 대한 무상 ECU 소프트웨어 업데이트.

HK5 급발진 사고에 대한 인정과 보상.

"죽기 살기로 달려들지 않았으면 이 정도도 못 했을 거다."

이백 퍼센트 이상의 목표를 두고 일을 진행해야 겨우 백 퍼센트 정도의 결과가 나타난다.

더구나 상대는 세계적인 대기업 현기 자동차.

압살당하는 건 오히려 자신이었을 것이다.

몇몇 워딩에 약간의 차이가 있지만 목표했던 바는 이루었다.

"그나저나 이제 슬슬 사람도 뽑고, 사무실도 옮겨야겠네요."

"그래야지."

현재는 30평 남짓한 공간에서 남자 셋이 생활하고 있었다. 현기 자동차의 ECU 소프트웨어 검수를 외주로 받게 되었다. 일 년에 300억이라는 매출이 하룻밤 사이에 발생한 것이다.

한국 법인 통장이 단숨에 채워졌다.

슬슬 한국에서의 사업을 확장해야 할 시기였다.

"아버지가 한번 만나자고 하는데, 시간 괜찮으세요?"

"왜?"

"이런저런 할 이야기가 있으신가 봐요."

"뭐, 시간이야 괜찮다만……."

시간이야 충분했다. 현기 자동차와의 급한 일도 마무리된 상태였다. 단지 나대방의 아버님일지라도 정치인을 계속 만난다는 것이 꺼림칙할 뿐이었다.

두 번째 만남.

나선기는 이미 용호를 자기 사람이라 생각하는지 편하게 이야기를 시작했다.

현기 자동차의 사람과 만났던 사실도 스스럼없이 털어놓았다.

"나한테 해당 사안에 대해 자제를 부탁했었는데, 자네가 이렇게 일을 마무리하다니. 이거 알고 보니 내가 해줄 일도 없었구먼."

"하하, 아닙니다. 의원님이 나서주셨기에 일이 이렇게 쉽게 끝난 거지, 그렇지 않았다면 아마 어려웠을 겁니다."

용호가 앞에 놓인 회를 한 점 집어먹으며 입바른 말을 늘어놓았다. 나대방 역시 용호의 옆에 앉아 한 점씩 회를 집어 들고 있었다.

"바쁜 사람인 건 익히 알고 있으니 본론을 바로 말하자면… 자네 혹시 내 개인 자문 위원 할 생각 있나?"

"자문 위원이요?"

"알다시피 내가 미래창조과학방송통신 위원회 소속이라 소프트웨어 관련 법안을 많이 접하는데 도통 실상을 알 수가 있어야지."

나선기의 말에 회를 한 점 집어먹던 나대방이 나섰다.

"형님, 무조건 하시는 게 좋지 않을까요? 평소 형님이 말하던 대로 되려면 법도 바뀌어야 하지 않습니까."

나대방의 말이 끝나자 나선기가 다시 물었다.

"어떤가?"

용호는 잠시 생각에 잠겼다. 그러나 굳이 길게 생각할 필요도 없었다. 무조건 하는 게 좋을 듯싶었다.

"그러면 산하기관 감사 같은 것도 나가시는 겁니까?"

"감사라고 하기까지는 그렇고, 실태 파악을 위해 한 번씩 들르기는 하지. 왜? 어디 갈 데라도 있나?"

용호가 입가에 미소를 지어 보였다. 오른쪽 입꼬리만이 올라가는 미소. 나대방은 사악해 보인다며 싫어하는 모습이었다.

"네. 꼭 갈 데가 한 군데 있습니다."

*   *   *

아침 6시 30분에는 눈을 떠야 한다.

정시 출근 시간은 9시까지였지만 고객사에서 8시 30분까지 출근하기를 원했다.

한 시간여 지하철을 타고 회사에 도착하면 이미 기진맥진한다. 지하철은 지옥철로 변해 버린 지 오래였기 때문이다.

8시 30분까지 회사에서 도착하면 자발적 참여라는 미명하에 일일 스크럼 회의라는 것을 진행한다.

전 세계적으로 유행하고 있는 애자일 개발 방법론의 일종이라며 고객사에서 원했기 때문이다.

고객사에서 원하는 건 일단 들어주고 봐야 한다. 그것이 '을'로 살아가는 방식이다.

강성규는 지친 몸을 겨우 추스르고 팀원들에게 오늘 해야할 일에 대한 리마인드 시간을 가졌다.

"최 대리는 이번 주까지 개발 완료라고 했었지?"

"네."

"그래, 수고 좀 해주고."

"박 대리는 오늘까지 완료였나?"

강성규가 한 명씩 일정을 확인하는 사이 시계는 9시를 가리키고 있었다.

짝짝.

"그럼 이만 일하자고."

두어 번 박수를 친 강성규도 자리에 앉았다.

대학에서는 나름 잘나가던 학생이었다. 비록 선민대학교라는 타이틀을 가지고 있었지만 실력만큼은 어디 가서 꿀리지 않는다는 자부심도 있었다.

그러나 고인 물은 썩게 마련이다.

처음에는 이곳에서도 잘한다는 소리를 들었다. 그럴수록 회사에서는 다른 곳으로 강성규를 돌리려 하지 않았다.

하던 일의 반복.

회사 입장에서는 일을 안정적으로 처리할 수 있을지 몰라도, 강성규에게는 독이었다.

시간이 지날수록 도태되기만 했다.

과장이 되었지만 실력은 크게 나아진 것이 없었다.

"강 과장님, 개선 사항이 전혀 없잖아요."

강성규가 보낸 다음 연도 유지 보수 계약을 위한 개발 계획서를 살펴보던 노준우가 한 소리를 하고 있었다.

"최소 10% 이상 비용 절감해야 된다고요. 그런데 관리자 페이지 몇 개 수정하는 걸로 되겠어요? 정말 그걸로 일을 줄일 수 있어요?"

"……."

강성규는 아무 말도 하지 않았다. 처음에는 정말 자신의 계획서에 문제가 있어서인 줄로만 알았다.

"일 하루 이틀 합니까?"

그러나 아직 영업 사원이 다녀가지 않았다. 어제 그렇게 전화를 했건만 점심시간이 다 되도록 오지 않은 것이다.

문제는 영업 사원이 와야 해결될 것이다.

자신의 실력이 아무리 도태되었다고 해도, '입 개발(입으로 하는 개발)'을 하는 노준우보다야 뛰어났다.

문제는 문제시할 때만 문제가 된다.

검은색 세단 한 대가 정문으로 들어서고 있었다. 이미 사전 연락이 되어 있었는지 주차 요원이 빠르게 차를 안내했다.

"어이, 비켜요. 비켜!"

앞에서 검은색 세단의 진로를 방해하고 있던 차량을 주차 요원이 빠르게 제지했다.

혹시나 불편을 겪게 하지 않을까 노심초사하는 모습이 역력했다.

"무슨 일이 있나."

검은색 세단 앞에서 차를 몰던 미래정보기술의 김원호 과장이 창문을 열고 뒤를 바라보았다.

검은색 세단은 창문 역시 하나같이 짙은 색 선팅이 되어 있었다.

볼 수 있는 건 아무것도 없었다.

김원호가 노준우를 보며 바로 고개를 숙이며 손을 내밀었다.

"아이고, 매니저님 오랜만입니다."

"김 과장님, 저희 사이트도 신경 좀 써주세요. 이렇게 뜸하게 오시면 어쩝니까."

"하하, 그러게 말입니다. 일단 여기 음료수부터 한잔하시죠."

김원호가 양손에 들고 온 음료를 책상 위에 올려두었다. 개발을 하던 김원호는 아버지의 권유와 개발에 대한 적성이 생각보다 맞지 않는다는 이유를 들어 영업직으로 전향했다.

아버지의 지원과 적성에도 맞은 덕에 영업은 개발보다는 편했다. 그저 이곳저곳을 돌아다니며 사람들을 만나는 것이 좋았다.

"뭘 자꾸 이런 걸."

김원호는 유독 노준우의 책상에만 별도로 음료수를 올려놓았다. 그리고 누구도 그 박스는 건들지 않았다.

그때 누군가 사무실로 헐레벌떡 뛰어들어 왔다.

"매니저님, 매니저님!"

"응? 왜?"

"회장님이, 회장님이 찾습니다. 빨리 가보세요."

"회장님?"

"지금 바로 올라오랍니다."

노준우는 영문을 모르겠다는 표정으로 일단 자리에서 일어났다. 회장님이 찾는다는데 느긋할 직원은 이곳에 누구도 없었다.

응접실에 세 개의 찻잔이 놓여 있었다.

KO통신사의 회장, 그리고 나선기 의원과 용호였다.

"말씀 많이 들었습니다. 의원님. 하하, 살살 좀 부탁드립니다."

"그냥 인사차 들른 겁니다. 너무 신경 쓰지 않으셔도 됩니다."

"그나저나 이 친구는 왜 이렇게 안 오지."

"곧 오겠죠."

나선기 의원 옆에 앉아 있던 용호가 조용히 차를 한 모금 들이켰다.

'이것 참, 예기치 않게.'

나선기 의원에게 부탁하여 KO통신 회장실로 온 용호가 가장 먼저 한 일은 누군가를 찾는 것이었다.

노준우 매니저.

용호는 예전에 함께 일했던 동료인 그가 보고 싶다고 했다.

"그때도 자네에게 도움을 많이 받았는데 이렇게 잘 된 모습을 보니 보기 좋구먼그래."

고진성도 앞에 놓인 차를 한 잔 마셨다.

이제는 회장이었다. 부회장에서 회장으로 승진한 것이다. 민영화된 지 얼마 되지 않았기에 정부의 입김이 크게 작용하는 회사였다.

대통령이 당선되면 논공행상으로 주변 인물들에게 나눠주는 자리 중 하나가 KO통신사 회장 자리였다.

그런 곳을 부회장이었던 고진성이 차지한 것이다.

"감사합니다."

약간은 영혼이 없는 듯한 상투적인 어투로 대답했다. 용호는 사실 회장이 누구든 크게 관심이 없다.

아직 노준우가 이곳에 다니고 있는지 다니고 있다면 어떤 모습인지만 궁금했다.

똑똑똑.

마침 누군가가 회장실의 문을 두드렸다. 노크 후 얼굴을 내민 사람은 비서였다.

"회장님 노준우 매니저 도착했습니다."

"그래? 들어오라고 하게."

용호의 시선이 문 쪽으로 향했다. 정말 그였다. 용호는 정말 반갑다는 표정으로 자리에서 일어나 그에게 다가갔다.

"와, 정말 계셨네요. 매니저님, 저 기억나세요?"

용호가 한껏 웃으며 물었다. 세월이 많이 흘렀다. 그간 용호
도 꽤 괜찮은 모습으로 변했다.

벌어들인 돈만큼 여유가 생겼고, 외모에도 투자했다. 노준우
도 순간 알아보기 힘들어했다.

"요, 용호?"

"네. 접니다. 매니저님. 그때 제가 사 드린 카메라는 아직 잘
쓰고 계세요? 워크숍 가서 카메라를 잃어버리셨다고 하도 난
리를 피우셔서 회사에서 새로 하나 사 드렸잖아요. 똑같은 기
종에 싼 가격으로 찾는다고 얼마나 고생했던지… 하하, 아직도
잊히질 않네요."

용호가 웃는 얼굴로 노준우를 보며 말했다. 그러나 그 자리
에서 웃고 있는 사람은 용호밖에 없었다.

*   *   *

누구 하나 나서는 사람이 없었다. 나선기야 용호의 편이었
다. 뭔가 이유가 있어서 그러려니 했다.

고진성이 나서기에도 애매했다.

기업의 수장이었지만 나선기 의원의 눈을 무시하기 힘들었
다.

오로지 노준우 개인의 힘으로 지금의 상황을 타개해야 하는
것이다.

"무, 무슨 소릴 하는 거야."

노준우의 음성에는 당황스러움이 한가득 들어 있었다. 하늘에서 뚝 떨어지듯 나타난 용호가 갑자기 쏟아내는 말들은 하나같이 자신의 치부를 들추고 있었다.

용호는 여전히 웃으며 노준우를 보고 있었다.

"하하, 기억이 안 나시나 보네요. 하긴 세상 이치가 그렇더라고요. 요즘은 맞은 놈이 오그리고, 때린 놈이 두 발 쭉 뻗고 자는 세상이잖아요. 이제 일 이야기를 시작해 볼까요."

용호가 웃는 얼굴로 말했다. 그러고는 노준우를 무시하고 이내 자리에 앉았다. 그러고는 들고 온 서류 가방에서 한 무더기의 서류를 꺼내 들었다.

KO통신사에서 의원실로 보낸 전체 시스템에 대한 구조들과 개인 정보 취급 방침, 그리고 계약 관련 문서들이었다.

"제가 오기 전에 의원님께 보낸 문서들을 쭉 한번 살펴봤는데… 문제 될 만한 부분이 꽤 있었습니다."

"그, 그래요?"

천천히 고개를 끄덕인 용호가 말을 이어나갔다.

"전체적으로 유선과 무선에 대한 관리가 분리되어 있어 관리 비용이 매년 증가하고 있고, 십 년이 넘은 시스템의 잦은 고장으로 이 또한 비용 상승의 원인이 되고 있습니다."

용호는 철저히 시스템 관점에서 말을 이어나갔다. 더 이상 노준우에 대한 언급은 없었다.

"……"

"그래서 컨설팅을 좀 해드렸으면 하는데… 물론 공개 입찰

방식으로 말입니다, 뒷말이 없게."

용호의 또 다른 목적이었다.

현기 자동차에 이어 KO통신사의 일도 따낸다면 회사의 매출은 빠르게 성장할 것이다.

"그렇지 않아도 차세대를 위한 준비 계획을 세우고 있었습니다. 며칠 뒤에 공고가 나갈 예정이었으니 그때 입찰해 보세요."

"감사합니다."

용호가 말을 마치고 나서도 한동안 담소가 이어졌다. 하지만 거기에 끼지 못하는 사람이 한 명 있었다.

꿰다 놓은 보릿자루처럼 노준우는 멀뚱히 서 있을 수밖에 없었다.

만남이 있으면 이별이 있듯이 주차장으로 들어갔던 검은색 세단이 다시금 주차장을 빠져나왔다.

그 안에는 네 명의 사람이 타고 있었다.

운전사, 보좌관, 그리고 용호와 나선기 의원이었다.

통신사를 빠져나가며 나선기 의원이 슬쩍 용호에게 물어보았다.

"쌓인 게 많았나 봅니다."

"많지는 않아요. 이제는 시간이 지나서인지 잘 기억나지도 않습니다."

"…그런데 굳이 그렇게 적을 만들 필요가 있는지."

"지금도 당하고 있을 사람들을 대신했다고 하죠."

말을 마친 용호가 창밖을 바라보았다. 검은색 선팅에 비친 세상은 흑색이었다.

그 사이로 익히 알고 있는 얼굴 하나가 눈에 들어왔다.

'어?'

"여기, 여기 세워주세요. 저는 따로 가겠습니다."

용호가 급하게 차를 세웠다. 차는 막 주차장을 빠져나와 신호등 앞에서 신호 대기를 하고 있는 중이었다.

차에서 내린 용호가 급하게 뒤따라가 보았다. 알고 있는 그 사람이 맞았다.

"형!"

앞서가던 강성규가 뒤를 돌아보았다. 대학교 때 그 모습은 이미 온데간데없었다.

한 명의 회사원이 눈앞에 서 있었다. 잠시 휴가를 나왔을 때 봤던 그 모습과 또 달라져 있었다.

"어, 네가 여기는 웬일이냐?"

"그냥 일이 있어서… 형은 아직 여기 계시는 거예요?"

"그렇지 뭐."

강성규가 대답을 채 마치기도 전에 옆에 함께 있던 동료가 전화를 받더니 똥 씹은 표정으로 강성규를 바라보았다.

"강 과장님, 노준우 호출이랍니다."

"……."

"뭐가 또 마음에 안 드는지 난리라는데요. 지금 바로 들어오서야 될 것 같답니다."

KO 건물에서 빠져나온 수많은 사람들이 근처 식당으로 발걸음을 옮기고 있었다. 강성규 일행도 사정은 별반 다르지 않았다.

점심을 먹으러 가는 길이었다.

"용호야, 이야기는 다음에 나눠야겠다. 일이 생겨서 말이야."

강성규가 조심스럽게 말을 꺼냈다. 지금 바로 사무실로 다시 돌아가 봐야 했다.

늦게 갈수록 힘들어지는 건 팀원들이다.

"저도 같이 가도 될까요? 아니, 같이 가고 싶습니다."

"응? 네가?"

"옛 동료들도 만나볼 겸 뭐, 겸사겸사 그냥 분위기만 보겠습니다."

강성규가 난감한 듯했다. 그러나 용호는 막무가내였다.

"도움이 될지도 모르지 않습니까. 아직 형한테 갚아야 할 것도 많고요."

여기서 말씨름할 시간이 없었다. 표정을 보아하니 이대로 굽힐 것 같지가 않았다.

"그래. 가자, 가."

강성규가 할 수 없다는 듯 용호를 대동하고 다시 사무실로 돌아갔다.

꼬르륵.

배에서 신호를 보냈지만 애써 무시했다.

마치 마우스가 부서져라 눌러댔다.

달깍거리는 소리가 아니었다.

마우스를 누르는데 '픽', '픽' 하는 소리가 났다.

"이것 봐요, 또 안 되지 않습니까!"

시뻘게진 얼굴로 노준우는 브라우저 창을 보고 있었다. 그곳에 나타나 있는 작업 실행 버튼을 클릭했다.

탁! 탁! 탁!

한 번 누르고 마는 게 아니었다. 연속해서 몇 번을 눌렀는지 모른다.

'그러면 당연히 에러 나지.'

주변에 들러리처럼 서 있던 개발자들은 하나같이 같은 생각을 하고 있었다.

그러나 입 밖으로 내지 않았다. 입 밖으로 내는 순간 오히려 사태를 키우는 일임을 이미 알고 있기 때문이다.

"PM은 어디 가서 안 오는 거야. 지금 작업도 안 돌아가는데… 밥이 넘어가?"

미래정보기술에서 파견 나온 사람들이 앉아 있는 사무실을 점거한 노준우가 계속해서 짜증 나는 투로 중얼거렸다. 듣고 있는 옆에 사람도 화가 나지 않을 수 없었다.

그러나 아무 말도 할 수 없었다.

차마 뛰어올 수는 없었다. 거의 뛰다시피 헐레벌떡 사무실로 들어섰다. 강성규는 단번에 어디에서 이슈가 발생하고 있는지 알 수 있었다. 노준우의 주변에 인의 장벽이 펼쳐져 있었다.

"무, 무슨 일이십니까."

노준우의 주변으로 걸어간 강성규가 물었다. 그러자 모니터를 보고 있던 노준우의 고개도 뒤로 돌려졌다.

"……."

순간 노준우는 아무 말도 하지 못했다. 강성규의 뒤에 자리하고 있던 용호가 매서운 눈빛으로 그를 노려보고 있었다.

"매니저님? 매니저님?"

잠시 정신 줄을 놓고 있는 노준우를 강성규가 재차 불렀다. 어느새 답을 하는 노준우의 말투는 상당 부분 누그러져 있었다.

"아, 아니, 12시에 돌아야 할 작업이 제대로 돌지를 않잖아요."

말투에서 '짜증'이라는 양념이 쏙 빠져 있었다. 노준우의 말을 뒤에서 함께 듣고 있던 용호가 한 걸음 앞으로 나섰다.

마치 처음 보는 사람인 듯 노준우를 대했다.

"하하, 안녕하세요. 매니저님 저 기억나시죠? 예전에 함께 근무했었는데."

노준우는 용호의 속셈을 몰랐기에 그저 조용히 있을 수밖에 없었다.

'이 새끼가 무슨 수작이야.'

의심스러웠지만 차마 말로 하진 못했다.

"보아하니 문제가 생긴 것 같은데 제가 좀 살펴봐도 될까요? 예전에 많이 봤던 문제 같아서……."

"뭐, 그, 그러시던가… 요."

차마 반말을 할 수는 없었는지 끝에 '요' 자를 붙였다. 그 말을 들은 용호가 피식거리며 웃었다.

"하하, 별것도 아닌 일로 사람 점심도 못 먹게 하는 건 여전하시네요. 여기 서버 접속 정보 좀 알려주세요."

순간 사무실이 조용해졌다. 그리고 사람들 사이에 긴장감이 흐르기 시작했다.

또다시 노준우가 발작할까 걱정하는 표정들이 역력했다.

"걱정 마시고 다들 일 보세요. 여기 노 매니저님이 얼마나 이해심이 많은지 아직 다들 모르시구나."

이번에는 용호가 노준우의 어깨에 손까지 올렸다. 시뻘겋게 달아오른 노준우의 얼굴이 잘 익은 홍시처럼 곧 터질 것만 같았다.

그럼에도 아무 말하지 못했다. 자신은 말조차 붙이기 힘든 회장님과 함께 있었다.

그걸로 이유는 충분했다.

용호가 마치 어려운 문제를 만났다는 듯 몇 번이고 고개를 저었다.

그러고는 한숨을 내쉬고, 일이 잘 안 풀린다는 듯 중얼거렸다.

"이상하네, 이게 돼야 되는데……."

마치 옆에 있는 노준우에게 들으라는 듯 중얼거렸다.

"쿼츠에서 설정한 시간이랑 안 맞네."

용호가 중얼거리는 쿼츠는 일종의 예약 프로그램이다. 쿼츠에 해당 작업을 실행해야 할 시간에 맞추어 예약을 걸어두면 예약된 시간에 프로그램이 실행된다.

그런데 그 프로그램이 실행이 되지 않고 있는 것이다.

"왜 잘 안 돼?"

옆에 있던 강성규도 걱정스럽다는 듯 물었다. 이미 다른 개발자들도 해당 문제를 확인하고 있었다.

그러나 문제가 제대로 풀리지 않는지 아직까지 해결이 되지 않고 있었다.

호기롭게 나섰던 용호에게 다들 기대를 걸었다. 그러나 그 기대가 깨어지려 했다.

"그러게요. 이게 잘 안 되네요."

용호가 정말 어렵다는 듯 답했다. 이리저리 인터넷까지 뒤져가며 찾아보았지만 답이 잘 나오지 않는 듯했다.

벌써 한 시간이 지났다.

점심을 먹은 사람들이 하나둘씩 자리로 돌아와 업무를 시작했다.

미래정보기술 사람들만이 제대로 밥도 먹지 못한 채 대기했다.

노준우가 시계를 확인하더니 자리에서 일어났다.

"어? 매니저님, 어디 가십니까? 아직 문제 해결도 안 됐는데."

용호의 물음에 노준우가 당황스럽다는 듯 재차 반문했다.

"네? 네?"

"어디 가시냐고요."

더 이상 끌려가고 싶지 않았는지 노준우가 당당하게 말했다. 여기는 자신이 일하고 있는 직장, 일종의 홈그라운드였다.

밥도 내 맘대로 못 먹는단 말인가?

"아, 잠시 나갔다가 오려고……."

꼬르륵.

말을 하는 와중에 노준우의 배에서 소리가 들렸다. 다들 조용히 일만 하고 있어서인지 소리는 더욱 크게만 들렸다.

"어디 밥이라도 드시러 가나 봐요?"

"……"

"네? 밥 드시러 가시냐고요? 제 말 안 들리세요?"

용호는 끈덕지게 물었다. 누가 들어도 기분 나쁠 듯한 말투였다. 오히려 옆에 있던 강성규가 안절부절하지 못했다. 혹시라도 노준우와 싸움이라도 날까 염려하는 모습이 가득했다.

"제가 밖에 나가는데 그쪽 허락이라도 받아야 할 것처럼 말씀하시네요?"

노준우도 더 이상 참기가 힘든 듯했다. 여차하면 싸우기라도 하려는 듯 말에는 가시가 가득 돋아나 있었다.

"하하, 그런 거야 아니죠. 그런데 의리 없게 문제 생겼는데 혼자 밥 먹으러 가는 것 같아서요."

"제가 문제 일으켰습니까? 버그를 발생시켰으면 해결을 해야죠. 밥값은 해야 할 거 아닙니까."

노준우도 흥분이 많이 가라앉았는지 또박또박 논리 정연하게 말을 이어나갔다.

듣고 있던 용호가 어이없다는 듯 중얼거렸다.

"그 밥값 중간에 채간 게 누군데."

중간에서 돈을 떼 가는 사람이 생기면 말단의 노동자에게 지급되는 임금은 줄어들 수밖에 없다.

노준우가 중간에서 돈을 받으면 일을 하고 있는 강성규나 기타 직원들에게 지급되어야 할 임금이나 복지가 줄어드는 것이다.

"자꾸만 확인되지도 않은 사실로 사람 모함하는데 증거 있습니까?"

타닥. 탁!

용호는 노준우의 말에 대꾸하지 않은 채 책상 위에 놓인 키보드를 몇 번 두드리더니 마지막으로 엔터를 눌렀다.

"해결됐습니다. 보니까 리눅스에서 계산하는 시간이랑 자바에서 계산하는 시간이 달라서 오차가 발생하는 것 같은데 운영체제 기준으로 시간 맞췄으니까 잘될 겁니다. 이제 저희도 밥 먹으러 가도 되죠?"

그러고는 답을 듣지도 않은 채 사람들에게 말했다.

"제가 오늘 점심 사겠습니다. 다들 나가시죠."

쭈뼛쭈뼛하던 사람들이 용호의 강권에 하나둘씩 사무실을 빠져나갔다.

노준우만이 덩그러니 남아 있었다.

Chapter 5

일반 경쟁 입찰

'용호, 용호?'

뒤에서 그 모습을 지켜보던 김원호도 얼떨결에 사람들을 따라나섰다.

분명 자신이 알던 이용호, 그였다. 그러나 그때와는 또 달랐다. 어딘지 모르게 어두침침해 보이던 모습이 아니었다.

말과 행동에서는 자신이 넘쳐 보였다. 입고 있는 옷차림도 달랐다.

항상 입고 있던 후드 티에 목 늘어진 티셔츠가 아니었다.

'저건 백화점 브랜드 같은데……'

재킷에 브이넥을 받쳐 입고 있었다. 대충 입은 듯했지만 오히려 자연스러움을 더했다.

차마 가까이 다가갈 수는 없었다.

멀찍이 가장 뒤에서 눈치를 살폈다.

자신이 굽실거려야 하는 상대인 노준우에게 목을 뻣뻣하게 세운 채 마치 금방이라도 짓밟을 듯 달려들었다.

그런 용호의 모습은 김원호로 하여금 본능적으로 조심하게 만들었다.

밥을 다 먹고 나갈 때까지도 용호는 김원호에게 아무 말하지 않았다.

어찌 잊을 수 있을까.

계속되는 시비에 영문 모를 트집까지… 결국 KO통신으로 파견 가게 된 가장 큰 원인을 제공해 준 사람이다.

용호도 설마 그 사람이 아직까지 여기에 있을 줄은 몰랐다.

'영업을 하고 있다라……'

강성규로부터 김원호가 지금 무슨 일을 하고 있는지도 충분히 들었다.

자신의 이야기를 들었는지 저 멀리서도 귀를 쫑긋 세우고 눈치를 살피는 모습이 역력했다.

'너무 그렇게 티 나게 살펴보면 모른 척해주기가 힘들잖아.'

밥을 다 먹고도 주변을 얼쩡거리는 김원호를 보며 용호는 새삼 자신의 위치가 변했다는 것을 느꼈다.

마치 노예처럼 자신을 막 대하던 예전의 모습은 온데간데없고, 오로지 동태를 살피려는 모습만이 가득했다.

노준우에게 했던 행동 탓인지 함부로 다가오지 못했다. 용호는 김원호에게 신경을 끄고 강성규를 바라보았다.

"오늘은 이만 가볼게요. 앞으로 종종 보게 될 것 같으니까. 나중에 또 밥이나 한 끼 해요."

앞으로 KO통신에도 몇 번 찾아와야 했다. 아직 시간은 충분했다.

오늘은 여기까지. 인사를 한 용호가 택시를 잡아탔다.

* * *

회사가 많은 만큼 사람도 많았다.

북적거리는 지하철 속에 도드라지게 빈 공간이 형성되어 있었다. 그건 지하철에서 내려 개찰구를 지날 때까지도 마찬가지였다.

찰칵, 찰칵.

심지어 몰래 사진을 찍는 사람들도 있었다. 그중에 남자는 단 한 명도 존재하지 않았다.

여자들이 하나같이 한 손으로는 입을 가린 채 다른 손으로는 카스퍼스키를 가리키고 있었다.

"이래서 사람 많은 데는 싫다고 했더니."

카스퍼스키가 불만을 쏟아냈다. 어차피 러시아 말이다. 알아듣는 이는 한 명도 없다.

그나마 다행인 건 직접적으로 다가와 말을 거는 이가 없다는 것이었다.

그런 그에게 스스럼없이 다가가는 거구의 남자 한 명이 있었다.

"늦었다."

제임스가 카스퍼스키의 어깨를 툭툭 두드렸다. 정식 출근 시간은 열 시. 지금 시간은 벌써 열 시 삼십 분을 넘어서는 중이었다.

"어차피 뭐, 어쩌겠어."

차갑기만 한 말투가 한결 누그러져 있었다.

"빨리 가자."

여유로운 카스퍼스키와는 달리 제임스가 발걸음을 빨리했다.

"같이 가!"

카스퍼스키도 어쩔 수 없다는 듯 발걸음을 빨리했다.

그 둘이 도착한 사무실 앞에 회사 간판이 하나 붙어 있었다.

Fixbugs.com

현기 자동차 일을 해결하고 그들이 새롭게 얻은 사무실이었다.

아직 새롭게 사람을 뽑지 않은 탓에 그 넓은 사무실에 근무하는 사람은 다섯 명밖에 없었다.

나대방이 지각한 둘을 보며 짓궂게 웃어 보였다.

"지각 벌금 오만 원."

손가락 다섯 개를 펼쳐 보이며 다른 손으로는 벌금을 넣어야 할 통을 가리켰다.

카스퍼스키가 입술을 살짝 깨물었다. 하지만 지각은 지각이다. 나대방의 반대편에 앉아 있던 루시아도 늦게 들어오는 둘을 보고 있었다.

"오만 원 너무 많다."

제임스가 조용히 항의해 보았지만 소용없었다.

"뭐 하나, 길 막지 말고 빨리 들어가."

뒤이어 용호가 사무실에 도착했다. 그러고는 쿨하게 오만 원을 꺼내 벌금함에 넣었다.

"빨리 내."

도합 십오만 원이 투명 플라스틱 함에 들어가고 아침 회의가 시작되었다.

용호가 모인 사람들에게 서류를 몇 장씩 나눠주었다. 이번 KO통신 차세대 시스템 입찰을 위한 간략한 개요였다.

현재 상태와 앞으로 해야 할 일이 3장 정도로 요약되어 있었다.

그 서류의 핵심은 한 단어였다.

"자동화?"

"비용을 절감하기 위해서는 그것밖에 없다."

"어떻게?"

아침의 오만 원이 아까웠던지 카스퍼스키가 계속해서 질문을 던져왔다.

"Fixbugs에서 문제를 찾아내면 해당 문제가 발생한 원인까지 일차적으로 처리할 수 있도록 만드는 거지."

"뭐?"

"형님, 그건 좀……."

"용호. 그건 아니다."

격렬한 반대를 표해왔다. 당연한 일이다. 사실 이상적이긴 하다. 문제가 발생했을 때 프로그램이 그것을 스스로 인지하고 해결까지 한다면 인공지능이나 다를 바가 없다.

프로그래머도 필요치 않을 것이다. 인건비가 비용의 대부분을 차지하는 소프트웨어 업계에서는 누구나 쌍수를 들고 환영할 만한 일이다.

그러나 불가능하기 때문에 하지 않는 것이다.

그것을 회의실에 모인 누구나 알고 있었다.

"어차피 발생하는 에러는 거기서 거기일 거 아냐. 그런 케이스에 대해서는 이미 수집된 자료들이 있을 테고, 그 유형들만이라도 처리해 주면 되지 않을까? 그러면 Fixbugs도 업그레이드될 테고."

용호가 눈을 빛내며 말했다.

"아직 기존 기능도 불완전하다."

여전히 카스퍼스키는 반대였다. 그러나 용호의 고집을 꺾기는 힘들었다.

"천억짜리여도?"

"......"

사실 전체 사업비가 천억이지 용호의 회사가 먹을 수 있는 부분은 그리 크지 않았다.

"그럼 하는 거다?"

그러나 지금 굳이 세세하게 알려줄 필요는 없다고 생각했다. 법인 통장의 돈이 한차례 더 크게 불어날 수 있는 기회다. 놓치는 이가 바보였다.

점심시간.

역삼역 주변이 점심을 먹기 위해 길거리로 나온 사람들도 붐볐다.

용호 역시 그들 사이에서 걷고 있었다.

하지만 혼자가 아니었다. 그리고 남자도 아니었다.

"팀장님이 아니면… 뭐라고 해야 할까요."

용호가 마땅한 단어를 찾지 못한 채 물었다. 입에 붙어버린 팀장 소리 대신에 다른 말로 자신을 불러달라 했다.

용호는 이와 같은 경험을 한차례 미국에서 했던 기억이 떠올랐다. 하지만 이내 머릿속에서 지워 버렸다.

"그건 알아서 찾으면 될 것 같은데?"

정단비가 상큼한 미소를 지어 보이며 용호를 쳐다보았다.

"다, 단비 씨."

용호가 겨우 말했으나 마음에 드는 눈치가 아니었다.

"오늘은 여기까지 하죠. 일단 자리를 잡을까요?"

사업상 중요한 일이 있다고 해서인지 정단비는 용호를 조용한 곳으로 안내했다.

하나하나가 방으로 되어 있는 식당이었다. 방음에도 꽤 신경을 쓰는지 옆방의 이야기가 잘 들리지 않았다.

좁은 방 안이 정단비의 향으로 채워지는 듯했다.

애써 정신을 차린 용호가 말을 이어 나갔다.

"이번에 KO통신에 입찰을 해보려고 하는데 혹시 같이 들어갈 생각 있으신가 해서요. 그쪽 추천 시스템도 전면 리뉴얼을 한다는 것 같아서."

용호의 말에 정단비는 한참을 고민했다. 식사로 나온 음식의 절반가량이 사라질 때까지 가타부타 말이 없었다.

그러고는 한다는 말이 용호를 더욱 혼란스럽게 만들었다.

"저야 좋지만… 혹시나 용호 씨 회사에 피해가 갈까 두렵네요."

"그게 무슨 말씀이세요? 함께하면 서로 시너지 효과도 내고 오히려 좋을 것 같은데."

용호가 좀 더 적극적으로 나섰다.

"혹시나 기술력을 말씀하시는 거라면 걱정하지 않으셔도 됩니다. 저희가 추천 쪽은 약해서요."

"아, 그런 말이 아니라 뭐라고 해야 할까."

고민을 하던 정단비가 적절한 단어를 찾은 모양인지 입을 열었다.

"용호 씨 회사도 타깃이 될까 봐서요."

"타깃이요?"

그러나 용호는 여전히 이해되지 않았다.

"제가 미움을 좀 받고 있어요."

왠지 정단비의 눈빛이 서글퍼 보였다. 그러나 용호는 그때까
지도 이유를 알지 못했다.

어쨌든 긍정적으로 검토해 보겠다며 자리가 마무리되었다.
회사로 돌아가는 길, 용호의 머릿속에서 '미움'이라는 두 글자
가 떠나가질 않았다.

"미움, 미움, 미움?"

나대방이 연신 입을 가만히 두지 않으며 사무실로 들어오는
용호를 보며 물었다.

"뭘 그렇게 중얼거리십니까?"

"으, 응?"

"먼저 이것 좀 보십시오."

용호의 눈앞으로 서류 한 장이 들이밀어졌다. 나대방이 계속
해서 말을 이었다.

"얼마 전 코스닥에 상장한 find bugs tool 아시죠? 미국에서
도 우리 경쟁사였던 그 회사. 그 회사 최대 주주가 누군지 아
십니까?"

"누군데?"

"깜짝 놀라실 겁니다. 그 서류 제일 첫 줄 한번 보세요."

나대방의 말마따나 용호가 서류를 살펴보았다. 익숙한 이름 석 자가 그곳에 쓰여 있었다.

"정진용?"

"네. 신세기 부회장 그가 최대 주주더라고요."

"……."

용호도 당황한 듯 한동안 아무 말도 하지 못했다. 너무나 익숙한 이름이었다.

그러나 다시 마주하고 싶지 않은 이름이기도 했다.

회장 정진용.

명패가 바뀌어 있었다. 앞에 쓰여 있던 '부' 자가 빠졌다.

"취임 축하드립니다."

정진용이 축하 인사를 받으며 단상으로 걸어갔다. 용호가 미국에 있는 사이 상속 문제가 마무리되고, 정식으로 회장 자리에 올랐다.

"하하, 안녕하십니까. 신세기 임직원 여러분. 앞으로 신세기와 함께할 정진용입니다."

호탕하게 웃으며 취임사를 시작했다. 기분이 좋은 듯 취임사가 끝날 때까지 웃음이 멈추지 않았다.

취임식이 끝나고 전용 엘리베이터를 타는 순간 얼굴이 변했다. 호감을 주기 위해 짓고 있는 미소는 사라졌고 그곳에 냉막

함만이 흐르고 있었다.

"둘이 만났다고?"

"네. 뿐만 아니라 이번 KO 차세대 사업에도 관심 보이고 있는 모양입니다."

"거기에는 우리 솔루션이 들어가기로 하지 않았어?"

"그게… 아직 확정된 것이 아니라서… KO통신에서도 수의계약으로 진행하기에는 부담이 되는 듯합니다."

"그러면 일반 경쟁 입찰로 하자고 하면 되잖아. 어차피 이야기는 다 끝나 있는 사안이잖아."

정진용은 뒤에 시립해 있는 비서는 보지도 않은 채 말을 이어나갔다.

"일일이 내가 나서야 하나?"

마침 엘리베이터가 꼭대기에 도착했다. 문이 열리고 익숙한 장소가 눈에 들어왔다.

얼마 전까지 자신의 아버지가 사용하던 집무실.

빌딩의 꼭대기에 위치한 회장실이었다.

정진용이 올라오고 있다는 사실이 알려졌는지 집무실의 문은 활짝 열려 있었다.

내부 인테리어 역시 싹 바뀌어 있었다. 과거의 흔적은 한 치도 찾아보기 힘들었다.

회장 정진용.

길이가 이 미터는 넘어 보이는 책상 위에 놓인 명패에 적힌 이름도 바뀌어 있었다.

"되게 해. 한국 시장이라도 독점해야지."

그 말 한마디에 비서는 고개를 숙이고 뒤로 물러섰다. 이미 집무실에 근무하고 있는 비서진들은 고개를 숙인 지 오래였다. 정진용이 시야에서 사라지고 집무실 문이 닫히고 나서야 고개를 들었다.

*　　　　*　　　　*

수의 계약은 다른 회사가 입찰조차 할 수 없다. 애초에 한 회사를 지정하여 계약을 진행하는 형태다.

일반 경쟁 입찰이 타 회사도 참여할 수 있는 계약 형태였다. 그나마 용호가 비빌 수 있었다.

회의실에 앉아 있는 인원이 두 명밖에 없었다.

용호를 제외한 다른 인원들은 이미 현기 자동차에 일에 투입되어 있는 상태였다.

버그 해결과 솔루션 공급이 계약 금액의 대부분을 차지했기에 굳이 인원들을 투입할 필요까지는 없었다.

한국 생활에 대한 적응 기간도 줄 겸, 자동차 소프트웨어에 대한 공부도 시킬 겸 당분간만 빼주고 있는 것이다.

그랬기에 입찰 준비를 할 수 있는 이는 용호와 루시아밖에 없었다.

"루시아, KO통신은 유선과 무선이 분리되어 있어. 현재 통합된 하나의 시스템으로 관리되는 것이 아니라. 각각의 시스템으로 나뉘어 있어서 이번에 그 두 개의 시스템을 통합하는 작업을 진행할 거야."

루시아의 눈빛에는 열정이 가득해 보였다. 용호를 보고 있는 목에 힘이 '꽉' 들어가 있었다.

흰색 목덜미가 유난히 용호의 눈에 들어왔다.

'얘는 쓸데없이 예쁘네.'

남자 넷이 있는 삭막한 공간에 그나마 여자가 한 명이라도 있는 것이 좋긴 했다.

하지만 그러기에는 너무 예뻤다. 좋아하지 않지만 자꾸만 눈이 갔다.

마치 해바라기를 연상케 하는 모습이었다. 정단비만을 바라보았다. 사랑이라는 감성만 작용한 것은 아니었다. 재벌 2세라는 배경과 뛰어난 머리까지 갖추고 있는 여자였다.

더구나 함께 있으면 금전적으로도 여유로울 수 있다.

어떤 남자라도 탐낼 것이다.

그러나 오르지 못할 나무이기에 쳐다보지 않는 것일 뿐이다.

자신은 다르다. 오를 것이고, 정복할 것이다.

"허 팀장님?"

정단비가 허지훈을 불렀다. 손석호는 아직 업무에 복귀하지 않은 상태였다. 앞으로도 당분간은 복귀 계획이 없음을 명확히 밝혔다.

지금 정단비가 의지할 곳이라고는 허지훈만이 남아 있을 뿐이다. 정단비의 부름에 허지훈의 눈에 초점이 돌아왔다.

"아, KO통신에 Fixbugs와 함께 들어가는 거 말씀이시죠?"

"네. 허 팀장님 생각은 어떠세요?"

"이익 배분 문제만 확실하다면 괜찮은 것 같습니다. 그쪽에서 보내준 서류를 살펴보면 추천 관련 포션도 적지 않은 것 같고요."

"그렇죠?"

정단비가 눈에 띄게 밝아졌다. 근래 웃을 만한 일이 없었다. 회사는 매출이 없어 점차 규모를 줄이는 중이었다.

물론 버틸 수는 있다. 금전적으로 부족하다거나 하지는 않았다.

그렇다고 버티기 위해서 사는 건 아니다.

시간이 지날수록 자존감만 떨어졌다.

"추진하시죠."

정단비가 안심이 된다는 듯 길게 한숨을 내쉬었다. 허지훈의 한마디에 안심할 만큼 정단비의 자존감은 바닥을 치고 있었다.

고개가 세차게 위아래로 움직였다. 얼핏 보기에는 마치 인조로봇 같은 모습이었다.

용호의 말이라면 일단 고개를 숙이고 보았다. 똑같은 행동의 반복. 루시아는 마치 용호를 종교의 교주를 따르듯 따랐다.

"루시아 생각은 어때요?"

"저도 같은 생각입니다."

"아니, 내 말은 그런 게 아니라 여기 제가 그린 시스템 구조에 대해 어떻게 생각하냐고요."

"아, 조, 좋은 것 같지만 한 가지 의문이 듭니다."

용호는 조용히 기다렸다. 잠시 생각을 정리한 루시아가 말을 이었다.

"사장님이 설계하신 대로 하려면 시스템이 완전히 바뀌어야 하는데 지금까지 들었던 한국의 개발 문화나 분위기로 과연 가능할까요?"

"가능하게 해야죠. 그러기 위해서 다시 한국을 찾은 것이기도 하니까."

루시아가 노트북에 용호의 말을 받아 적었다. 태도만 보자면 소녀 팬의 그것과 하등 다를 바가 없는 모습이었다.

미국 실리콘밸리를 들었다 놨다 했던 용호에 대한 존경과 함께 일하고 있다는 자부심이 뒤섞여 자꾸만 루시아의 심장을 쿵쾅거리게 만들었다.

*   *   *

소프트웨어 진흥법 개정안.

얼마 전 개정안이 발효되면서 대기업의 공공사업 진출이 제한되었다.

그러면서 가장 큰 이득을 본 것이 미래정보기술이다.

SI를 주 업으로 하고 있으면서 아직 대기업 수준의 규모가 아니었다.

공공 분야 사업에 제한이 없는 중견 기업 수준.

대기업이 빠져나간 자리를 고스란히 미래정보기술과 같은 중견 규모의 SI 업체들이 흡수했다.

그러면서 매출이 비약적으로 증가하는 추세였다.

매출의 증가는 인력의 증강을 의미했다.

"전무님, 회의 참석하실 시간입니다."

자리에 앉아 있던 김만호 전무가 천천히 일어났다. 이사에서 좌천당했으나 전무로 다시 돌아왔다.

능력에서만큼은 따라올 자가 없었다.

공공사업 분야에서도 이곳저곳 김만호와 연결된 곳이 적지 않았다. 대기업이 빠져나간 자리를 차지하기 위해서는 꼭 필요한 인물이었다.

"김원호 과장은?"

"회의에 바로 참석한다고 합니다."

"알았네."

KO통신 차세대 시스템 수주 방 안.

회의실 전면에 불을 밝히고 있는 스크린에 떠 있는 글자였다.

총규모만 천억에 달했다. 수주만 한다면 전무에서 사장까지도 올라갈 수 있을지 몰랐다.

김만호 역시 지대한 관심을 쏟는 중이었다.

회의는 크게 특이점이 없었다.

중요한 건 번뜩이는 아이디어나 독보적인 기술력이 아니다.

적어도 김만호의 생각은 그랬다.

"만나봤어?"

얼마 전 김원호가 KO통신을 찾은 또 다른 이유였다. 이번 차세대 시스템 통합 프로젝트를 지휘하는 이두희 이사, 그를 만나기 위함이었다.

"전무님이 직접 가셔야 할 것 같습니다. 저는 시간이 없다고 거부당했습니다."

"…만만치 않네."

이미 한번 함께 일한 적이 있었다. 당시 진행하던 차세대는 결국 중간에 좌초했다.

그렇게 해서 KO통신에서 허공에 날린 돈만 해도 오천억이 넘는다. 이번에는 그 오분의 일의 비용으로 차세대를 진행하려는 것이다. 핵심은 유선과 무선의 통합이다. 분리되어 있는 두 시스템을 통합하는 것이 이번 차세대의 주목적이었다.

"그래도 천억입니다. 중간 마진만 떼도 전무님이 사장으로 가는 데 전혀 문제 될 게 없을 겁니다."

"그렇기야 하겠지……"

김만호가 조용히 중얼거렸다. 임원. 즉 임시 직원이 되지 않으려면 기회가 왔을 때 잡아야 했다.

본사로 들어온 김원호가 두 번째로 꼭 들르는 곳이 있었다. 이미 사내에는 파다하게 소문이 퍼진 상태였다.

"지 대리, 이거 좀 마시고 해."

김원호는 커피 한 잔을 지수민의 책상 위에 올려둔 채 사라져 버렸다.

김원호가 사라지자 팀장이 지수민을 찾았다.

"지 대리, 어제 맡긴 신규 채용 건은 마무리됐어요?"

"네. 방금 메일 보냈습니다."

지수민도 팀을 이동한 상태였다. 개발은 영 맞지 않았기에 옮긴 것이 인사팀. 벌써 인사 일을 한 지도 이 년이 넘어가고 있었다.

"그러면 오늘은 일찍 퇴근해요."

팀장의 말에 지수민의 고운 아미가 움찔거렸다. 이미 회사 내에는 김원호와 썸을 타고 있는 중이라는 소문이 파다했다.

지수민도 크게 개의치 않았다. 어차피 이 회사에서 남자친구를 만들 생각은 없었다.

다른 남자들이 접근하지 못하게 만들어주는 차단막 역할을 김원호가 하고 있었다.

"그럼, 먼저 일어나 보겠습니다."

지수민은 알았다는 듯 바로 자리에서 일어났다. 일어나는 지수민의 등 뒤로 익숙한 이름이 들려왔다.

"그런데 정말 대단하지 않습니까? 이용호 씨, 예전 저희 회사

인턴이었다면서요."

"인턴에서도 잘렸대."

"그때도 문제가 많았다면서요? KO통신에서 발생한 시스템 마비 사태를 용호 씨가 해결해 줬는데도 잘랐다고 한동안 안 부장님이 난리 치셨잖아요."

"하긴 그랬지, 뭐 오히려 잘된 일 아니겠어?"

용호가 밥을 사주고 간 일이 본사까지 퍼졌는지 사람들의 수군거림이 들려왔다.

"아, 수민 씨 같은 학교 아냐? 입사 동기로 알고 있는데."

"하긴 그런 걸로 아는데."

초점이 자신으로 바뀌자 지수민은 잰걸음으로 사무실을 빠져나왔다.

이곳에서는 한시라도 있고 싶지 않은 듯 무척 바빠 보였다.

용호와 루시아만을 남겨둔 채 하나둘씩 짐을 챙기고 있었다.

"야! 나만 두고 퇴근하기냐!"

"퇴근하는 거 아니라고 몇 번을 말씀드렸잖습니까. 요 앞 피시방에 가 있을 테니까 오시라니까요."

"허, 헐."

용호는 기가 찬지 말을 잇지 못했다.

"그러게 회사 컴퓨터에 그래픽 카드 달아줬으면 피시방 안 가도 되는데."

나대방이 귀찮다는 듯 중얼거렸다.

"피시방 다르다. 거기 가야 재밌다."

"하긴 그렇긴 하죠? 노는 곳과 일터는 분리해야 하니까."

아직 짐을 다 챙기지 못한 둘을 보며 카스퍼스키가 한마디 했다.

"뭐 하냐, 빨리 나와. 이 브레기 놈들아. 너희 때문에 내가 골드로 승급을 못 하고 있잖아."

"야!"

용호가 다시 한번 소리를 질렀지만 소용없었다. 이미 짐을 다 챙긴 세 명이 사무실을 떠나 버렸다.

"사, 사장님. 괜찮으세요?"

뒷목을 잡고 있는 용호를 보며 루시아가 조심스럽게 물었다.

'하아······.'

용호의 한숨이 깊어졌다.

*   *   *

세 명이 떠나고 두 명이 사무실로 들어섰다. 정단비와 허지훈이었다. 마침 함께 준비할 사람이 필요했다. 더욱이 서류는 용호의 분야가 아니었다.

루시아 역시 개발자, 서류에 능숙하지 않았다.

"잘 생각하셨습니다."

용호가 정단비에게 악수를 청했다. 정단비라면 서류 작업을 믿고 맡길 만했다.

신세기에서 본 정단비가 작성한 서류는 용호가 보기에도 깔끔하게 정리되어 있었다.

"그래요. 꼭 따내도록 해봐요."

용호와 정단비가 손을 맞잡은 채 서로를 주시했다. 그리고 양옆에 서 있던 또 다른 남녀가 그 둘을 주시했다.

용호의 설명을 다 들은 정단비도 난색을 표했다.

"그, 그게 가능할까요?"

목소리까지 떨려왔다.

"가능합니다. 충분해요."

"흠······."

정단비가 보기에도 용호가 구상하고 있는 시스템은 스케일이 너무 방대했다. KO통신에서 내놓은 제안 요청서(RFP : request for proposal)를 만족하다 못해 차고 넘쳤다.

문제는 실현 가능성이었다.

그 점이 불안했다.

"이미 상당 부분은 저희가 가진 솔루션에서 지원을 해주고 있는 부분이에요. 나머지는 KO통신의 업무와 관련된 사항인데 이 부분도 걱정하지 않으셔도 됩니다."

정단비는 의아할 뿐이었다.

업무란 하루 이틀 한다고 알 수 있는 것이 아니다. 상세한 업무까지 알려면 그곳에서 몇 년 동안 잔뼈가 굵은 인물이 필요했다. 경험이 아닌 실력까지 갖춘 그런 사람이 필요했다.

딩동.

마침 사무실 벨이 울렸다.

"도착했나 보네요."

용호가 밝은 미소를 지어 보이며 문으로 걸어 나갔다.

"야, 신수가 훤해졌는데?"

"와주셔서 감사합니다. 과장님, 아니, 이제 부장님인가요?"

"하하, 이거 사장님께 이런 말을 들으니 부담스럽네."

"인사들 나누세요. 여기는 안병훈 부장님. 이쪽이 전에 말씀 드린 정단비 팀장님, 그리고 이쪽이 허지훈 부장님. 그리고 여 기가 저희 회사에 근무하는 루시아예요."

용호가 한 명, 한 명 소개했다. 안병훈이 사람 좋은 미소를 지어 보이며 한 명씩 눈을 맞추면서 인사를 나누었다.

"안녕하세요. 안병훈이라고 합니다. 앞으로 잘 부탁드려요."

옆에 서 있던 용호도 기분이 좋은지 웃음이 끊이질 않았다.

＊　　　　＊　　　　＊

일, 연봉, 사람.

어느 것 하나 만족되는 것이 없었다.

실력은 퇴보했고, 연봉은 크게 늘지 않았다.

안병훈이 아끼는 사람들은 하나둘씩 회사를 떠나갔다. 실력 있는 개발자들은 대기업으로 이직했고, 남아 있는 개발자들은 딱 현재 미래정보기술의 위치인 중견 기업, 그 위치에 알맞은 개발자들만이 남아 있었다.

안병훈에게도 꿈이 있었다.

프로그래머로서 세계적인 명성을 날리고, 후배 개발자들에게도 귀감이 될 만한 그런 사람으로 남고 싶다는 꿈 말이다.

그러나 이곳에 남아서는 그 무엇도 될 것 같지 않았다.

그저 그런 회사원으로 얼마 지나지 않아 정년을 걱정해야 했다. 바로 눈앞에 닥친 현실, 선택지가 있다는 것 자체가 감사했다.

도전은 위험을 동반했지만, 삶에 활기를 가져다주었다.

가장 어려운 일은 가족을 설득하는 것이었다. 그동안의 성실한 삶이 아내와 서로를 강한 신뢰로 묶어 놓고 있었다.

어쩌면 실패로 미래를 걱정해야 할지 모른다.

하지만 하루 종일 회사에 앉아서 하는 일이라고는 엑셀의 일정을 확인하고, 후배 개발자들에게 일을 종용하는 것인데, 이것보다는 나으리라 여겼다.

안병훈은 다시 한번 마음을 다잡고 문을 열었다.

선택은 틀리지 않았다.

안병훈은 자신의 두 눈으로 이미 확인했지만 여전히 믿기지가 않았다.

"이게 정말 다 버그라고?"

"네. 일단 저희가 알 수 있는 건 KO통신에서 외부로 서비스

되는 사이트들밖에 없어서 해당 사이트들이 가지고 있는 버그를 모은 겁니다."

안병훈은 모니터를 한 번 보고 용호를 한 번 바라보았다. 화면에는 간단한 스크립트 오류에서 내부 서버 오류까지 다양한 버그들이 리포팅되어 있었다.

안병훈이 합류하기로 한 결정적인 계기이기도 했다. 이 정도의 성능을 보이는 솔루션이라면 승산이 있다 못해 한국이 낳은 첫 번째 세계적인 소프트웨어 기업이 될 가능성이 보였다.

"KO 업무 분야는 내가 담당하면 될 테고, 현재 유지 보수 비용의 50%를 삭감해도 될 만한 시스템 구축은 누가 한다는 건가?"

"저기 보이시죠?"

"……."

용호가 가리킨 곳에 각양각색의 머리색과 행색을 한 세 명이 한창 게임을 하고 있었다. 사비로 컴퓨터에 그래픽 카드를 꽂았는지 모니터에 보이는 화면이 화려했다.

"쟤네들이 저래 보여도 실력은 믿을 만하니까 너무 걱정하지 마세요."

그러거나 말거나 셋은 여전히 게임에 중독된 것처럼 낯선 용어들을 남발하며 게임에 빠져 있었다.

*　　　　　*　　　　　*

입찰 당일.

용호는 서류를 내기 위해 담당자에게 연락했으나 입찰에서부터 거부당했다.

"일차 업체로는 안 됩니다."

이미 회장과 관련이 있다는 언급을 들어서인지 담당자는 조심스러워했다. 그러나 그 말을 들은 용호의 입장에서는 황당하기 그지없었다.

"저희는 '마더'로서의 위치를 원합니다. 서류 역시 완벽하게 준비했고요."

"저희도 자체 규정이 있어서······."

흔히 일차 하도급 업체를 '마더 선다'라고들 한다.

하도급 구조에서 최상위 업체를 지칭하는 말이다. 이들은 건축, 건설에서 수주를 따내며 하위 중소 업체들에게 일을 분배한다.

흔히 SI업이라고 하는 소프트웨어 업계 역시 마찬가지다.

대기업이나 중견 기업이 공공기관이나 타 회사의 ERP 구축, 버스 정보 관리 시스템, 국세청 홈택스 구축과 같은 계약을 수주하면 하위 중소 업체들에게 일을 배분한다.

이때 일차적으로 발주 업체와 계약을 하는 업체가 '마더'였다.

이런 '마더'가 되는 업체는 대부분 중견 이상의 기업들, 용호의 업체가 '마더'가 되기에는 그 규모가 너무 부족했다.

겨우 5명의 인원.

자본금 3억짜리 회사.

KO통신에서 보기에 용호의 회사는 구멍가게 수준의 회사였다. 비록 정단비와 연합했다고 하지만 구멍가게에서 벗어나지 못했다.

"그래서 입찰 자격조차 안 된다는 겁니까?"

"…마더가 아니라 '마더'를 선 업체의 밑에서 일하는 게 어떻겠습니까?"

"이미 싫다고 말씀드렸을 텐데요."

용호는 같은 말을 반복하는 접수 담당자에게 한 번 더 강조했다.

"저희도 어쩔 수가 없는 게 인원 300명 이상, 매출 300억 이상, 자본금 50억 이상의 기업을 일차 업체로 선정해야 한다는 조건이 붙어 있습니다."

담당자는 조심스럽게 답했다.

"매출은 전체 법인 매출로 따지면 300억이 넘고 자본금 역시 50억이 넘습니다. 인원도 미국 법인 인원까지 합치면 100명이 넘고요."

"300명이 안 되지 않습니까."

"하아… 소프트웨어가 인원이 많다고 고품질의 결과물이 나오는 산업입니까?"

용호가 답답함을 토로했다. 기존 제조업이라면 이야기가 다를 수 있다. 1명보다 10명이 더 많은 결과물을 생산할 수 있다.

그러나 소프트웨어는 아니다.

한 명의 직원이 열 명으로 늘어난다고 해서 열 배의 생산성을 담보하지 않는다.

"그런 게 아니라… 저희도 규정이 있어서……."

담당자는 여전히 규정을 들먹였다. 만약 회장의 언급이 없었다면 진즉에 전화를 끊었을 것이다.

자신이 '갑', 서류를 내는 회사는 '을'이다.

왜 자신이 조심스럽게 쩔쩔매야 한단 말인가?

"…일단 알겠습니다."

용호가 한 발 물러섰다. 어차피 담당자는 결정할 권한이 없다. 계속 말을 이어 봤자 입만 아플 뿐이다.

정단비와 열심히 준비한 입찰 준비 서류가 무용지물이 될지 몰랐다. 용호는 지난번 받은 명함으로 다이렉트로 고진성에게 전화를 걸었다.

"…아무리 내가 회장이라고 하나 함부로 규정을 바꿔줄 수는 없네."

"그러면 이렇게 하죠. 다섯 명이 삼백 명의 일을 해내면, 그러면 되겠습니까?"

"……."

고진성이 침묵했다. 회장이라고 해서 규칙과 규정도 없이 마음대로 회사를 운영한다면 그 회사는 필패다.

논공행사의 자리인 KO통신의 회장 자리까지 올라온 것은 그러한 원칙이 있기 때문이었다.

"다섯 명이서 삼백 명이 해야 할 일을 처리하면 되지 않습니까."

"그게 무슨……."

"말도 안 되는 소리가 아닙니다. 만약 그렇게 안 되면 위약금을 물겠습니다."

"……."

"진심인가?"

"물론입니다."

"만나서 이야기해 보지."

일단 고진성이 긍정적인 반응을 보였다. KO통신으로서는 다섯 명이든 삼 백 명이든 일만 제대로 하면 상관이 없었다.

오히려 이익이다.

다섯 명이 일한다는 이유로 계약금을 깎을 여지를 만들 수 있다.

거부할 이유가 없었다.

*　　　　　*　　　　　*

세 명의 머리 위로 한 마리 새가 날아가는 듯한 착각이 들었다.

누구도 먼저 입을 열지 못했다. 삼백 명이 해야 할 일을 다섯 명이서 해야 한다고 용호가 말하는 순간, 셋의 눈에서는 일순 살기까지 뿜어지는 듯했다.

"나가자."

가장 먼저 카스퍼스키가 자리에서 일어났다. 마치 지금까지 있었던 일을 없었던 일로 만들려는 듯 보였다.

"보너스로 십억."

함께 일어나던 나대방과 제임스가 바로 자리에 착석했다. 그 모습을 보던 용호가 말을 이었다.

"이번 일 마무리되면 보너스로 십억씩 지급한다. 카스퍼스키는 안 하겠다고?"

"……"

"돈도 돈이지만 너희들의 능력을 믿기 때문에 추진하는 일이야. 새로운 일, 재밌는 일 하고 싶다고 했잖아. 뿐만 아니라 경제적으로도 풍요로울 수 있다면 꽤나 매력적인 거 아냐?"

어느새 카스퍼스키도 자리에 다시 착석해 있었다.

"그럼 다 한다고 생각해도 되겠지?"

셋의 고개가 동시에 위아래로 끄덕였다.

용호가 제안한 건 5 대 300이 겨루는 코드 작성 대회 같은 것이 아니었다. 그렇다고 난이도 특급을 자랑하는 알고리즘을 푸는 것도 아니었다.

직접적으로 비용을 절감하고 수익을 극대화할 수 있는 방법이었다.

"DevOps라고들 들어봤지?"

개발과 운영의 합성어로 근래 IT 업계를 대표하고 있는 단어 중 하나였다.

다들 알고 있다는 듯 고개를 끄덕였다.

"이번 일의 핵심은 데브 옵스에 있다. 우리가 들어가서 차세대 시스템 개발을 완료하고 나면 현재보다 유지 보수 비용이 50%는 절감될 수 있다는 걸 보여줄 거야."

이번에는 다들 고개가 좌우로 움직였다. 여전히 말도 안 되는 소리로 치부했다.

"현기 자동차의 일은 어떻게 됐어? 우리가 가지고 있는 솔루션인 Fixbugs의 성능 개선은? 지금 하고자 하는 일도 같아. 된다. 다섯 명이서 삼백 명을 커버 칠 수 있어."

말을 마친 용호는 한 장의 시스템 구조도를 앉아 있는 인원들에게 보여주었다.

안병훈에게 들은 내용을 토대로 만든 것으로 소프트웨어 스택의 가장 밑바닥을 차지하고 있는 건 'Fixbugs'라는 자사 툴이었다.

"유지 보수를 하는 데 가장 우리가 가장 많은 시간을 할애하는 게 뭐일 거 같아?"

"……"

"생각 안 할래?"

용호의 호통에도 일동은 침묵을 유지했다.

"버그 수정 아냐, 버그 수정!"

용호가 답답하다는 듯 소리쳤다.

소프트웨어 유지 보수 인력이 하는 가장 큰일이 버그 수정이었다. 그다음이 새로운 기능 추가와 같은 개발이었다.

만약 버그가 없는 프로그램이 있다면 유지 보수를 하는 인력은 필요치 않을 것이다.

"맞습니다!"

용호의 답답함을 알아차린 듯 나대방이 맞장구를 쳤다. 계속해서 수동적인 자세를 취했다가는 뒷감당이 안 될 듯했다.

"그래서 생각을 해봤지. 버그, 버그, 어떻게 하면 자동으로 고칠 수 있을까. 어떻게 하면 될까, 나대방 말해봐."

"Fixbugs를 사용하면 됩니다."

"정답!"

나대방의 대답에 용호가 기분이 좋아진 듯 소리쳤다.

"우리가 최초 Fixbugs를 만들 때 생각했던 기능들 중 아직 완벽하게 구현이 안 된 게 하나 있어. 바로 프로그램 설계 문서를 인코딩해서 Fixbugs에 넣으면 자동적으로 버그를 찾아주는 것이지. 그리고 여기에 기능 한 가지를 더 추가해야 해. 뭘까?"

"발견된 버그를 해결하는 기능입니다!"

"정답! 자, 그러면 이제 우리가 해야 할 일은?"

다섯 명이서 삼백 명분의 개발을 할 수 있다는 것을 보여주기 위해 용호가 택한 방법은 현재 삼백 명이 해야 할 일을 다섯 명이 할 수 있다는 것을 보여주는 것이었다.

그리고 그 시작점에 Fixbugs가 있었다.

*   *   *

"입찰이 연기돼?"

김만호가 이해가 가지 않는다는 듯 김원호에게 물었다.

"네. KO통신 쪽 말에 따르면 Fixbugs라는 회사에서 다섯 명이 삼백 명분의 일을 해낼 수 있다는 것을 증명할 기간을 달라고 했답니다."

"크, 크흠. 뭐?"

헛기침을 한 김만호가 다시 물었다.

"다섯 명이 삼백 명분의 개발을 할 수 있다고."

"무슨 말 같지도 않은 소리야. 다른 이유가 있는 거 아냐?"

IT 분야에서 일을 시작한 벌써 25년이 넘어간다. 486 컴퓨터가 나왔을 때부터 지금까지 그런 말은 들어본 적이 없었다.

다섯 명이 삼백 명 분의 일을 해낸다?

"앞으로 두 달이라는 기간 안에 증명하면 입찰 자격을 준다고… 거짓말을 하는 것 같지는 않았습니다."

"자꾸 무슨 헛소리를 하는 거야. 자세하게 알아봐. 될 일이 있고 안 될 일이 있지. 도통 무슨 소리를 하는 건지."

김만호가 작금을 상황을 이해하지 못하듯, 용호의 주변 사람들도 같은 생각에 빠져 있었다.

Chapter 6

5 대 300

정단비도 상황을 이해하지 못하기는 마찬가지였다. 그렇지 않아도 재벌 2세로 태어났다는 타이틀 말고는 별 볼 일 없는 자신의 모습에 불안감은 최고조를 달리고 있었다.

자신만만하게 시작한 사업은 지금까지 총매출 0원을 자랑했다. 매달 하는 일이라고는 인원을 해고하는 것이었다.

이제야 조금 빛이 보이나 했다.

그러나 계약은 넘지 못할 산을 만났고, 용호는 이해하지 못할 말로 자신을 더욱 혼란스럽게 만들었다.

"그래서 계약 조건이 어떻게 된다고요?"

"저희가 KO통신에 구축한 시스템이 한 달 동안 유지 보수 인력 삼백 명을 놀게 만들면 입찰 자격과 50억을, 그렇지 못하면 0원입니다."

용호가 다시 한번 같은 말을 반복했다. 정단비는 여전히 이해가 잘 안 된다는 듯 다시 물었다.

"삼백 명을 놀게 만든다고요?"

"그러니까 음… 더 정확하게 말하면 '현재 유지 보수를 하고 있는 인력이 한 달 동안 버그 수정을 단 한 건도 하지 않으면' 이 되겠군요."

"…가능은 한 거예요?"

"겨우 다섯 명뿐인 회사가 '마더'를 서기 위해서 그 정도의 기술력은 보여야 하지 않겠습니까?"

자존감이 떨어진 자신과는 달라 보였다. 마치 처음 벤처를 하기 위해 신세기에서 뛰쳐나올 때의 모습을 연상케 했다.

한번 믿어보고 싶어졌다.

과연 가능할까?

의문은 용호도 가지고 있었다.

자신마저 확신이 없어 보인다면 따라오는 팀원들의 불안은 더할 것이기에 일부러 과장한 면도 있었다.

소프트웨어 설계 문서를 인코딩하고 인코딩된 규칙들을 기존 코드와 비교해 가며 테스트 케이스를 만든다.

그렇게 만들어진 테스트 케이스에 변숫값들을 넣어보며 프로그램에 버그는 없는지 살펴본다.

그렇게 해서 버그가 발견되면 해당 코드를 수정까지 하는 일

련의 절차들, 100% 수정하지 못한다고 해도 50% 이상의 성능만 보인다면 개발자들에게 엄청난 편의를 제공한다고 할 수 있었다.

그러나 용호가 목표로 하고 있는 건 100%.

완벽한 상태를 원했다.

하나둘씩 건물의 불이 꺼지는 와중에도 역삼역 S타워 11층은 환하게 빛났다.

안병훈도 퇴근하지 않은 채 자리를 지켰다. 당장 자신이 해줄 수 있는 건 일정 관리를 하는 것 말고는 없다.

그저 옆에서 지켜보는 것이 할 수 있는 일의 전부였다.

"먼저 들어가셔도 된다니까요."

용호는 40대 중반을 넘어선 안병훈의 건강이 염려되어 말했다.

"아니야. 이렇게라도 있어야지. 몇 명 되지도 않는데."

안병훈이 사무실을 쭉 훑어보았다. 제임스는 귀에 헤드폰을 쓰고 있었고, 나대방은 이어폰을 꽂고 있었다. 카스퍼스키는 눈을 감고 생각에 잠겨 있는 듯 보였다.

저마다 다른 모습이었지만 공통의 목표를 향해 가고 있었다.

"피곤하실 텐데……."

그리고 용호를 바라보았다. 자신에 대한 배려인지 바로 옆자리에 책상을 마련해 주었다.

개인 공간을 최대한 존중해 주기 위함인지 책상의 가로 길이가 이 미터 가까이 되는 듯했다.

그곳에 모니터 두 대에 노트북까지 올라가 있었다.

"정말 대단하긴 하다. 어젯밤 Git에 올라온 코드가 만 줄 가까이 되는 것 같던데."

일정 관리를 하는 안병훈이 매일 퇴근 전, 그리고 아침 출근하여 확인하는 것 중 하나였다. Git이라는 코드 저장소에 올라온 Commit 내역을 확인하였다.

"뭐, 그래서 게임을 하던 지각을 하던 신경 쓰지 않는 거죠."

"가장 대단한 건 너야."

인턴으로 미래정보기술에 입사했을 때는 그저 조금 똑똑한 친구라고 생각했다.

KO통신에서 발생한 악성코드를 해결했을 때는 미래가 기대되는 친구였다.

"하하, 그런가요?"

"……."

안병훈이 말없이 용호를 쳐다보았다.

지금은 넘을 수 없는 벽이었다.

생각하는 것, 코딩을 하는 속도, 그리고 문제를 해결하는 능력까지… 어느 것 하나 놀랍지 않은 일이 없었다.

응애, 응애!

아기 한 명이 사무실을 점거했다. 아기의 울음소리가 그칠 줄을 모르고 사무실에 울려 퍼졌다.

용호는 난처한 듯 어찌할 바를 몰라 했다. 아기 울음소리를 멈추게 하는 방법도, 지금 눈앞에서 도끼눈을 뜨고 있는 최혜진을 볼 낯도 없었다.

"선배, 해도 해도 너무한 거 아니에요?"

"으, 응?"

"벌써 며칠째인 줄 아세요? 아기가 아빠 얼굴도 모르고 자랐으면 좋겠어요?"

"아, 아니지."

최혜진은 아이를 낳고 전업주부로 완전히 돌아선 모양새였다. 여간 드센 것이 아니었다. 용호도 쉽사리 상대하기가 힘들었다. 그렇게 쩔쩔매고 있는 용호의 귀로 얄미운 소리가 하나가 들려왔다.

"잘한다. 우리 여보!"

나대방이 최혜진의 뒤에 몸을 숨긴 채 중얼거렸다. 곰과 같은 몸은 채 절반도 가려지지 않았다.

용호가 나대방을 향해 조용히 손으로 목을 그어 보이는 시늉을 했다.

"혜진아, 저거, 저거 봐."

나대방이 급히 손가락으로 용호를 가리켰다.

"선배!"

"으, 응?"

"오늘은 퇴. 근. 할. 거. 죠?"

"다, 당연하지."

그렇게 거의 이 주 만에 정상 퇴근이 결정되었다.

저녁을 먹자는 말에 제임스와 카스퍼스키는 바쁜 일이 있다며 사라져 버렸다.

나대방은 최혜진이 끌고 간 상황, 안병훈도 오랜만에 가족들과 식사를 해야겠다며 집으로 돌아갔다.

"저, 저라도 괜찮으시면."

루시아가 가만히 손을 들었다.

마침 잘됐다 싶었다. 혼자 한국으로 온 상황이다. 생활에 불편함은 없는지, 혹시나 미국으로 돌아가고 싶지 않은지 물어보려 하던 참이었다.

그러나 이내 잘못 생각했음을 깨달았다.

"흠… 흠……."

용호가 먼 산을 보며 헛기침을 했다. 한 남자가 유창한 영어로 루시아에게 말을 걸고 있었다.

루시아는 난처한지 거절을 하고 있는 상황. 이른바 '헌팅' 중이었다.

겨우 식당으로 들어온 용호가 물었다.

"중국 음식 괜찮아?"

어차피 선택지는 없다. 주변에 방이 있는 식당은 이곳밖에 없었다.

"저도 좋아해요."

루시아가 수줍게 답했다.

미국 여성답지 않은 다소곳함에 용호도 미소 지었다.

이곳까지 오는 도중 번호를 따기 위해 도전한 남자만 세 명, 옆에 용호의 존재는 무용지물이었다. 하나같이 남자친구라 생각하지 않은 모양이었다.

음식이 나오고 용호가 본격적으로 질문을 시작했다.

"뭐, 힘든 점은 없어?"

"네."

"회사는 바라는 점은?"

"없어요."

'네. 없어요'가 대답의 전부였다. 용호와 단둘이 있는 게 어색하고 수줍은 듯 제대로 말을 하지 못하는 듯 보였다.

"나랑 있는 게 불편한 건 아니야?"

"아니에요!"

스스로도 너무 크게 외쳤다고 생각했는지 루시아가 한 손으로 입을 가렸다.

"하하, 괜찮아. 괜찮아."

용호의 괜찮다는 말에도 당황스러움이 가시지 않은 듯했다. 그렇지 않아도 어색한 젓가락질이 말썽을 부렸다.

툭.

두 개의 젓가락 사이에 끼여 있던 깐풍기 조각이 입가 바로 앞에서 떨어져 내렸다.

툭.

급하게 휴지를 찾던 손이 바로 옆에 세워져 있던 주전자를 건드렸다. 뚜껑이 열리며 안에 들어 있던 갈색 빛깔의 차가 쏟아져 나와 탁자를 적셨다.

툭.

무심한 듯 뻗어져 나온 손 하나가 루시아의 무릎 주변에 묻은 소스를 닦아내고 있었다. 하얀색 휴지에 이물질이 닦여 나왔다.

"조심하지 그랬어."

쿵.

당황하여 뒷걸음질 치던 루시아가 엉덩방아를 찧으며 자리에 주저앉아 버렸다.

무릎을 꿇고 루시아의 무릎에 묻은 이물질을 닦아주던 용호와 같은 눈높이에서.

"루시아!"

용호도 순간 당황한 듯 소리쳤다. 그러나 루시아는 엉덩이에서 느껴지는 아픔을 느낄 새도 없는 듯 엉덩방아를 찧은 그대로 앉아 있었다.

"……."

"일어나 봐, 병원 안 가봐도 괜찮겠어?"

용호가 손을 내밀 때까지 루시아는 그저 그 자리에 가만히 앉아 있었다. 두 눈은 용호에게 고정된 채 한 점의 미동도 보이지 않았다.

＊　　　＊　　　＊

정단비는 용호에게서 눈을 떼지 않았다. 일차 결과물이라며 시연회를 가졌다. 대상은 정단비 회사의 솔루션을 개발하는 데 사용한 코드였다.

프로그램 설계 문서는 손석호가 쉬는 와중에 작성하여 용호에게 넘긴 상태였다. 분석 중임을 알리는 진행 바가 끝나고 무수한 버그들이 리스트 형태로 나타났다.

그것만으로도 놀라움을 금치 못했지만 아직 끝이 아니었다.

"이제 한 번 버그를 수정해 볼까요?"

리스트 옆에는 '버그 수정'이라는 버튼이 하나씩 달려 있었다. 개별 선택하여 수정을 할 수도 있고, 한 번에 전체 수정을 진행할 수도 있었다.

"여기 몇 개의 버그를 수정해 보겠습니다."

용호가 리스트 중간에 있는 수정 버튼을 눌렀다.

"⋯⋯."

화면이 바뀌며 어떤 코드가 새롭게 추가되었는지 비교할 수 있는 화면이 나타났다.

"여기서 하단의 최종 완료 버튼을 누르면 코드가 추가됩니다."

용호가 완료 버튼을 클릭했다.

"이게 일차 결과물이에요. 여기서 좀 더 테스트를 해보고 몇몇 버그들을 수정하면 될 것 같습니다."

"하… 참……."

정단비는 입을 다물지 못했다. 소프트웨어 분야에서 정단비도 나름 잔뼈가 굵은 사람이다.

그러나 이런 솔루션은 듣지도 보지도 못했다.

버그를 분석하는 툴은 예전부터 종종 시장에 나오기는 했다. 그러나 상용화하기에는 성능이 미흡한 점이 많았다.

이미 실리콘밸리에서 들리는 소문은 들었다. 기존의 솔루션이 가진 갖가지 문제점들을 해결하며 용호의 솔루션이 시장에서 통한다는 말을 들었다.

"저, 정 사장님이 보시기에는 어떤가요?"

단비 씨라고 부르기도 어색했던 용호가 겨우 찾아낸 호칭이었다. 그러나 정단비는 호칭에 신경 쓸 겨를이 없었다.

"이게 정말 버그 해결이 된다는 말이죠?"

"물론입니다. 빌드해 드릴 테니 한번 테스트해 보시죠."

용호가 Fixbugs로 새롭게 바뀐 코드를 빌드해 주었다.

딸깍. 딸깍.

정단비가 마우스를 움직여 추천 솔루션을 테스트해 보았다.

"아, 안 나네요."

믿기지는 않지만 결과가 말해주고 있었다. 버그는 수정되었고, 프로그램은 정상 작동하고 있었다.

자신들도 테스트 과정에 미처 발견하지 못했던 버그였다. 그런 버그들을 용호의 솔루션이 찾아내 해결해준 것이다.

"아직 100% 완벽하지는 않아요. 앞으로 남은 한 달 동안 더욱 성능을 높여야죠."

시연회에 참석한 건 루시아와 안병훈 둘뿐이었다. 나머지 셋은 솔루션의 성능을 100% 완벽하게 하기 위한 작업에 매진하고 있었다.

사무실 한쪽 벽면은 보드마카를 사용하여 썼다 지웠다 할수 있는 칠판으로 만들어놓았다.

그곳의 대부분을 현재 개발하고 있는 솔루션의 전체 구조를 그려놓은 설계도가 차지하고 있었다.

그 앞에서 세 명의 남자가 열띤 토론을 하고 있었다.

"이건 너무한 거 아닙니까? 지금 며칠째 아이도 못 보고."

"그럼 넌 빠져. 너 빠지면 우리야 좋지. 나랑 제임스가 15억씩 나눠 가지면 되니까."

카스퍼스키가 냉정하게 말했다. 제임스도 조용히 고개를 끄덕였다.

"그, 그런 게 어디 있습니까!"

"그러면 계속 개발해야지."

전체 설계도를 살펴보던 카스퍼스키가 빨간색 보드마카로 한 부분에 동그라미를 그렸다.

"이 부분만 해결하면 성능이 한층 더 높아진다 이거지?"

"분석 엔진이 아직 불완전하다. 분석 엔진을 학습시키기 위한 데이터가 부족하다."

"코드를 더 많이 집어넣어 봐야 한다는 건데……."

카스퍼스키도 고민이 되는 듯했다. 현재 만들어진 솔루션은 테스트 케이스가 많아질수록 성능이 높아지도록 설계되어 있다.

일종의 기계 학습, 그러나 학습시키기 위한 데이터가 부족했다. 기업의 핵심 가치인 코드를 함부로 제공할 회사는 어디에도 없다.

"일단 겟 허브에 있는 오픈 소스는 몽땅 집어넣긴 했는데… 이제 어디서 구한다……."

"형님한테 구해달라고 하죠."

"그럴까?"

"그런 의미에서 오늘은 이만 퇴근할까요?"

"맞다. 오늘 승급전이다."

셋은 바로 짐을 싸 들고 회사를 나와 피시방으로 향했다. 최혜진은 매일 야근하느라 늦는 줄 알고 있었지만… 진실은 그 셋밖에 알지 못했다.

*　　　*　　　*

시연회를 마치고 회사로 돌아온 용호는 뱃속 깊은 곳에서부터 올라오는 욕을 겨우 참아냈다.

"이 게임에 미친!"

옆에 루시아가 있다는 사실을 깨달은 용호가 황급히 입을 다물었다. 그러고는 셋이 근무하고 있는 책상 옆 벽면에 붙은 칠판으로 눈을 돌렸다.

데이터가 더 필요해!
ps. 오늘까지 해야 할 건 끝냈으니 걱정 마라.

개발새발 한국어만 보아도 누가 써 놓은 것인지 알 것 같았다. 근래 한국말을 배우고 있다는 카스퍼스키가 써놓은 글귀였다.

"개발은 다 해놓고 갔다는 건가."

함께 들어왔던 안병훈도 칠판에 써놓은 문장을 읽어 내려갔다.

"데이터가 필요하다고?"

그러나 무슨 내용인지 이해하고 있지는 않은 듯 보였다. 용호만이 고심에 찬 표정으로 칠판을 보고 있었다.

부스럭.

그러고는 이내 초콜릿을 하나 꺼내 입속으로 털어 넣었다. 한동안 그 자리에 멈춰 서서 미동조차 하지 않았다.

'   *   *   *

아침을 알리는 해가 빌딩 숲 사이로 살짝 고개를 내밀었다. 역삼역에 위치한 S타워 11층의 창가에도 차츰 빛이 들어오고 있었다.

용호는 창가에 서서 곧게 뻗어 있는 테헤란로 저 너머를 보고 있었다. 높게 치솟은 빌딩들이 저마다의 자태를 뽐내는 중이었다.

"많이 왔다."

많이 왔다.

저 아래 밑바닥에서 지금 있는 11층까지 올라왔다. 쉽지 않은 길이었지만 포기하지 않고 묵묵히 걸어왔기에 지금 결과로 나타난다고 생각했다.

혼자만의 힘으로 이룬 것은 아니었다.

"운이 많이 따랐지."

밤샘 근무 후 창가에 비치는 햇살을 맞으며 감상에 젖어들려는 찰나 출입문 쪽에서 시끌벅적한 소리가 들려왔다.

행색이 어제 출근했던 모습과 동일했다.

"밤새웠냐?"

제임스와 카스퍼스키야 딱히 한국에 정붙일 곳이 없기에 붙어 다니는 것이 이해가 갔다.

"나대방, 집에 안 들어가?"

"…집에 드, 들어갔다가 나온 겁니다."

"전화한다?"

"애 보기 싫어한다. 차라리 회사가 좋다고 했다."

제임스의 말에 나대방이 펄쩍 뛰며 부정했다.

"제가 언제 그랬다고."

"어제 술 마시면서 그랬다."

"아, 참! 제임스!"

나대방이 곤란해하며 한 손으로 제임스의 입을 막았다. 용호가 혀를 차며 그런 나대방을 바라보았다.

"형님도 애 낳아 봐요. 마음처럼 되나."

"헛소리 말고, 밤사이에 미국에서 데이터 받아서 넣었으니까. 확인이나 해봐."

카스퍼스키만이 멀쩡해 보였다. 게임을 하고 술을 마셨음에도 한 점 흐트러짐이 없었다. 그가 용호의 말에 가장 먼저 반응하여 책상 앞에 자리를 잡고 앉았다.

프로그램 설계 문서를 넣고, 그에 따라 버그를 찾아내는 기능은 Fixbugs가 최초 론칭할 때부터 있었던 기능이었다.

그때부터 지금까지 쌓인 데이터를 모두 집어넣은 것이다.

〈사용자의 데이터는 자사의 솔루션 향상을 위해 참고할 수 있습니다〉

이 약관은 이미 예전부터 들어가 있었다.

그 약관을 근거로 데이터를 받아 지금의 Fixbugs를 더욱 향상시키는 데 사용한 것이다.

"어때?"

"이제 한 80%까지 올라왔다."

카스퍼스키가 Fixbugs를 테스트하는 프로그램을 돌려 나온 결과를 보며 말했다.

한 프로그램에 10개의 버그가 있을 때 8개를 찾아내 수정할 수 있다는 말이었다.

"90% 이상은 돼야 하는데."

"앞으로 얼마나 남았다고?"

"이제 한 삼 주?"

"오늘부터 게임 금지."

카스퍼스키가 선언하듯 말했다. 옆에 앉아 있던 제임스나 나대방도 딱히 토를 달지는 않았다.

"그럼 믿는다."

용호도 자리에 앉아 개발을 시작했다.

일차적 임무는 세 명이 올린 코드에 버그가 없는지 체크하는 일이었다. 그다음이 카스퍼스키를 보조하여 기타 기능들을 개발하는 것이었다.

세계 최고의 프로그래머는 누가 뭐라 해도 카스퍼스키였다. 충분히 일을 믿고 맡길 만했다. 용호는 자신이 할 수 있는 일에 충실했다.

*　　　　　*　　　　　*

아침부터 분당에 위치한 KO통신 건물이 부산스러웠다. 현재 유지 보수를 위해 KO통신사에 들어와 있는 개발사들이 대회의장으로 소집되었다.

Fixbugs라는 솔루션 설명회.

그곳에 강성규 역시 참석하기 위해 발걸음을 빨리했다.

"과장님, 이번에 사용해야 한다는 솔루션을 개발 한 사람이 예전 저희 회사 인턴이었다면서요?"

강성규는 굳게 다문 입술로 그저 고개만 끄덕였다. 자신과 절친했던 후배라고 말하기에는 민망한 상황, 더욱이 얼마 전 있었던 용호의 제안까지 거절한 상태였다.

"안 부장님도 오시기로 했어. 형도 같이하면 좋을 것 같은데……."

함께하고 싶었지만 그럴 수 없었다. 왠지 민폐만 끼칠 것 같은 두려움이 앞섰다.

강성규는 누구보다 벤처의 생태계를 잘 알고 있다.

대학 시절 강성규에게 일을 맡긴 회사들이 대부분 영세한 벤처였다.

다섯 명, 아니면 열 명이 근무하는 사무실의 상황은 가히 처참하다고 할 수 있었다.

'실리콘밸리에서 성공했다고는 하지만 그게 진짜인지 제대로 알 수도 없는 노릇이고. 성공했다고 해도 내가 도움이 될지 안 될지……'

인원이 적은 만큼 한 사람, 한 사람이 일당백의 능력을 발휘

해야 했다.

지금 자신은 관리자, 그 이상도 이하도 아니었다. 초고도 기술력을 가진 회사에서 버틸 자신이 없었다.

더구나 지금 이곳 생활에도 큰 불만은 없었다.

'지금 생활이 그리 힘들지도 않고.'

과장이라는 직급에 일 역시 크게 어려운 점이 없었다.

유지 보수 업무가 그렇다.

매일 반복되는 일상의 연속이다. 반복이라는 말은 했던 일을 또 하면 된다는 말이다. 딱히 머리를 써야 하는 일도, 바쁘게 돌아가는 일도 없었다.

그저 가끔 노준우의 히스테리나 잘 받아넘기면 편한 회사생활을 유지할 수 있었다.

"그나저나 대단하네요. 우리 회사 인턴에서 사장이라니, 이 참에 나도 벤처나 시작해 볼까."

생각에 잠겨 있는 사이 어느새 대회의장에 도착했다. 강성규도 옆에 앉은 팀원의 실없는 소리를 무시한 채 발표에 집중했다.

Simple

Exact.

Fast.

간편, 정확, 빠르게.

Fixbugs가 추구하는 바였다.

"어디서 약을 팔아."

화면을 지켜보던 노준우가 아무에게도 들리지 않을 정도로 조용히 중얼거렸다.

그때의 수모가 잊히질 않았다. 스트레스 때문에 원형 탈모까지 생긴 마당이었다.

"너 때문에 이 회사에 계속 있기는 글렀고, 내가 이직 전에 어떻게든……."

바득바득 이를 갈았다. 이미 회장님 눈 밖에 난 상태였다. 어차피 자신은 한국대, 한국 최고의 대학을 나왔다.

노준우는 이곳저곳 이직 자리를 알아보고 있는 중이었다.

"발도 못 붙이게 만들어주마."

악에 받친 노준우의 중얼거림은 대회의장의 웅성거림에 묻혀 누구도 듣지 못했다.

용호가 의도한 면도 없지 않았다. 분명 남자들만이 가득할 것이라 생각했다.

그리고 그 생각은 정확하게 적중했다. 대회의장을 가득 메우고 있는 건 대부분이 남자들이었다. 그리고 남자들만이 가득한 대회의장에 인터넷에서나 볼 수 있는 여신이 강림했다.

"그럼 지금부터 이분이 간략한 시연을 보여주시겠습니다. 루시아, 도와주세요."

용호가 함께 와 있던 루시아를 불렀다.

루시아가 단상으로 올라서자마자 객석에서 탄성이 쏟아져

나왔다.

어깨까지 내려온 치렁치렁한 금발에 푸른색 눈, 그리고 볼륨감 있는 몸매까지… 몇몇 사람들은 몰래 사진까지 찍어댔다.

아직 한국말이 익숙지 않은 루시아를 위해 용호가 옆에 붙어 통역을 진행했다. 그러나 대회의장에 참석한 개발자들은 전혀 듣는 눈치가 아니었다.

"먼저 개발하신 코드와 저희가 제공해 드리는 형식에 맞게 작성된 프로그램 설계 문서를 저희 솔루션에 업로드합니다."

목소리마저 사람들의 애간장을 녹게 만들었다. 객석에 앉아 있는 대부분의 개발자들은 그저 넋을 놓고 바라볼 뿐이었다.

솔로.

강성규 역시 마찬가지였다. 몇 년째 솔로인지 모른다. 간간이 소개팅을 하고 있었지만 큰 성과는 없었다.

"과장님, 정말 너무 예쁜데요? 우리는 저런 사원 안 뽑나."

"……."

"코딩도 잘하나 보네."

팀원의 말처럼 코딩 실력도 상당해 보였다. 설명에서부터 코딩 실력의 포스가 느껴졌다.

"이쁘기는 하다."

"내가 3년만 젊었어도."

마침 루시아의 시연도 막 끝나고 있었다. 이제 질의응답 시간만이 남았다.

　　　　　*　　　　　*　　　　　*

　사무실로 돌아오자마자 안내받은 대로 코드를 업로드시켰다. 뿐만 아니라 강성규가 관리하고 있는 시스템의 프로그램 설계도 역시 업로드 시켰다.

　"그런데, 말이 안 되기는 하네요. 자체 솔루션일 때나 효과가 있지 저희처럼 여러 타 시스템과 연계되어 있으면 꼭 우리 문제가 아니어도 이슈는 계속 생길 수밖에 없을 텐데."

　"위에서 하라고 하니까 일단 해봐야지."

　강성규도 의심스러웠지만 일단 일은 진행시켰다.

　"데이터 하나 잘못 들어가 있어도 버그가 생기는데……."

　함께 설명을 듣고 온 팀원은 이해가 가지 않는다는 듯 연신 고개를 저었다.

　말 그대로였다.

　데이터에 '공백' 하나만 잘못 들어가 있어도 문제가 발생한다. 또는 타 시스템과의 연동에서부터 프로토콜에 벗어나는 무수한 경우의 수가 존재한다. 정말 생각지도 못했던, 상상조차 할 수 없는 문제들이 수두룩하다.

　현재 사용하고 있는 솔루션들에서 발생하는 버그에서부터, 잘못 들어간 공백에 의해 발생하는 오류, 갑작스러운 데드 락으로 죽어버리는 프로그램 등등 자신이 생각하기에도 이 모든 것을 해결한다는 건 불가능한 일이었다.

그랬기에 용호의 제안을 거절하고, 합류하지 않은 면도 있었다.

"거짓말을 하는 건 아닐 거야."

일을 진행하는 와중에도 의심이 생겼다. 이내 화면에는 코드와 프로그램 설계 문서가 모두 업로드되었다는 알람 창이 떠 있었다.

강성규가 확인 버튼을 클릭했다.

딸깍.

용호가 확인 버튼을 클릭하자 사전 협의한 대로 대상이 되는 시스템들에 Fixbugs에서 개발한 에이전트들이 복사되기 시작했다.

"정말 성공하기만 하면… 이거 또 한 번 실리콘밸리가 들썩이겠는데요?"

나대방도 기대가 되는지 흥분을 감추지 못했다. 용호 역시 초조한지 초콜릿을 하나 꺼내 물었다.

"그러게 말이다. 잘돼야 할 텐데."

카스퍼스키가 솔루션을 업그레이드하고 있을 때 용호는 솔루션과 연동할 에이전트를 개발하고 있었다.

용호 역시 SI 경험이 충분하다.

버그란 것이 단순히 솔루션에서만 발생하지 않는다는 사실역시 알고 있었다.

그래서 에이전트가 필요했다.

각 시스템으로 에이전트가 퍼져 시스템을 감시하고 혹시나 있을 오류 상황에 바로 대처하기 위해서.

"정말 문제 해결까지 할 수 있을까요?"

"지금까지 발생한 유형들에 대한 케이스는 전부 집어넣었어. 거기에 더해 앞으로 발생할지도 모를 오류들에 대해서도 최대한 처리할 수 있도록 고안했고. 이제는 운명의 손에 맡겨야지."

할 수 있는 만큼 했다. 이제는 시간이 흘러가길 기다리는 수밖에 없었다.

계약 조건은 앞으로 한 달 동안 유지 보수 인력들이 시스템에 손을 대지 않아도 되도록 하는 것.

이제 막 그 하루가 시작되었다.

*   *   *

완성된 시스템에서 하루에 한 번꼴로 꼭 버그가 발생하는 건 아니다. 발생할 수도 있고, 하지 않을 수도 있다.

이때 발생하는 문제들을 꼭 버그라고 지칭할 수도 없다.

문제나 오류는 버그라고 표현하기도 애매한 것이 프로그램은 잘 만들어져 있지만 하드웨어에서 문제가 발생할 수도 있는 것이다.

하드의 용량이 가득 찼다거나, 운영체제 자체의 문제로 CPU를 풀로 사용한다거나 하는… 버그라고 보기에는 애매한 문제들이 있다.

그런 문제들까지 합쳐도 매일같이 문제가 발생하지 않는다.

단지 한 번 발생하면 골치 아플 뿐이다.

"오늘은 조용히 지나가려나 본데요?"

팀원의 말에 강성규도 이견을 달지 않았다. 어차피 별일 없는 하루였다. Fixbugs라는 솔루션이 없더라도 아무 문제없을 확률이 높았다.

"뭐, 원래 그랬잖아."

"하긴."

팀원도 동의하는 바였다. 하지만 겨우 하루로는 어떤 판단의 근거도 될 수 없었다.

*　　　　*　　　　*

"알고 있었어?"

김만호의 말에 김원호는 아무 말도 하지 않았다. 그저 조용히 고개를 숙이고 있는 것이 아버지의 꾸지람을 피하는 가장 좋은 방법임을 이미 알고 있었다.

조용히 서 있는 김원호를 향해 김만호가 다시 물었다.

"안병훈이 Fixbugs 쪽 일 도와주고 있다던데. 네 생각은 어때?"

"경업 금지 조항으로 걸고넘어지는 게……."

김만호의 눈빛에 실망스러운 기색이 스치고 지나갔다. 하나부터 열까지 알려줘야 하다니, 답답하기만 했다.

"프리랜서로 일 도와주고 있다고 하면? 실제 다른 법인에 근무하면서 외부에서 조언을 해주고 있는 거라면?"

김원호는 미처 생각하지 못했는지 다시금 가만히 입을 다물었다.

"물론 그럴 리야 없겠지만 만에 하나라도 Fixbugs의 솔루션이 성과를 보인다면, 앞으로의 수주전에서 누가 우위에 설 것 같아?"

"그, 그럼 어떻게……."

"무조건 실패하게 해야지."

아무리 생각해도 멍청하게 느껴졌지만 팔은 안으로 굽는 법이다.

영 기분이 좋지 않았다. 아버지의 꾸지람은 늘 스스로를 위축되게 만들었다. 개발자로 일을 할 때보다는 많이 줄었지만 여전했다. 기분 전환이 필요했다.

보는 것만으로 정화가 되는 듯한 느낌, 소위 안구 정화의 시간을 가지기 위해 인사팀으로 발걸음을 옮겼다.

"어? 수민 씨 퇴근했어요?"

"네, 오늘 볼일이 있다면서 조금 일찍 나갔습니다."

현재 시간이 5시 50분이었다.

"음… 볼일이라……."

김원호가 헛걸음을 한 그 시간 지수민은 두근거리는 마음을 감추지 못한 채 2호선 지하철에 몸을 싣고 있었다.

역삼역 앞에서 지수민이 초조하게 누군가를 기다리고 있었다. 얼마 지나지 않아 택시에서 아이를 업은 최혜진이 나타났다.

"어지간히 급했나 보네."

"뭐, 뭐가."

"이놈의 계집애가 내숭은. 대학생 때는 그렇게 흉보고 다니더니."

최혜진은 거기에서 말을 그쳤다. 더 이상 말을 했다가는 도끼눈을 뜨고 있는 지수민에게 한 소리 들을 것 같았다.

"나도 같은 대학 후배야!"

"알지, 너도 후배라는 거."

"앞장이나 서!"

자꾸만 의뭉스럽게 자신을 쳐다보는 최혜진의 시선이 부담스러웠는지 지수민이 발걸음을 재촉했다.

이내 최혜진이 못 이기는 척 앞장서서 빌딩 안으로 들어섰다.

11층 Fixbugs.com

지수민이 슬쩍 안내 데스크 위쪽에 붙어 있는 표지판을 확인했다. 그곳에 선명하게 Fixbugs라는 간판이 붙어 있었다.

들리는 소문이 진실임을 알려주고 있었다.

"용호 선배가 그렇게 될 줄 누가 알았겠어. 이렇게 중매도 서

주고, 야근만 안 시키면 금상첨화일 텐데."

최혜진이 아쉽다는 듯 중얼거렸다. 최혜진도 큰 불만은 없었다. 나대방처럼 능력 있는 사람을 소개해 주었다.

더욱이 상당한 액수의 월급까지 주어가며 일까지 주고 있는 상황, 불만이 있을 수가 없었다.

"그, 그러게."

"너도 이거나 하나 들어."

최혜진의 양손 가득 보따리가 들려 있었다. 오늘은 잔소리를 하기 위해 온 것이 아니었다. 고생하는 나대방과 그의 직장 동료들에게 따뜻한 밥 한 끼 대접한 적이 없어 간단한 요깃거리를 준비한 참이었다.

"그, 그래."

이야기를 나누는 사이 엘리베이터가 11층에 도착하고, 지수민의 심장 박동 소리는 더욱 커지기만 했다.

*   *   *

몇 번이고 후회했지만 소용없었다. 이 모든 건 자신이 자초한 결과였다. 그 누구도 탓할 사람은 없다. 자신이 먼저 최혜진에게 용호의 근황을 물었고, 마침 사무실에 갈 거라는 이야기에 자신도 가보고 싶다며 졸랐다.

어차피 같은 대학을 나온 사이였기에 최혜진도 용호가 반가워할 것이라 생각하고 지수민을 데려왔다.

"124번 확인해 봤어?"

용호가 전면의 스크린에 올라와 있는 리스트 중 하나를 가리키며 물었다.

"에이전트 문제가 아닙니다. FTP를 통해 들어와야 할 파일이 들어오지 않아서 발생한 에러였습니다."

"그런데 왜 아직 완료 처리 안 되어 있는 거야."

용호의 목소리도 날카로워져 있었다.

사무실은 전쟁통을 방불케 할 만큼 바쁘게 돌아가고 있었다. 용호의 바로 옆에는 정단비가 함께 상황을 주시하고 있고, 아직 개발에 참여하기는 이른 루시아가 보조했다.

마치 용호가 꽃밭에 둘러싸여 일을 하는 형국이 조성되어 있었다.

'홍, 이, 이쁘면 단가.'

지수민은 빈 책상에 멀뚱히 앉아 그 모습을 지켜보고 있었다. 그 누구도 말을 걸어주는 이가 없었다.

지수민의 시선이 용호에게서 반대편으로 돌아갔다.

"132번 문제는 제대로 해결된 게 맞다. 이걸 처리하는 그쪽 개발자가 우리가 해결 방안으로 내놓은 코드를 쓰지 않고 오히려 임의로 코드를 추가했다가 문제가 발생한 거야."

카스퍼스키가 용호에게 보고를 하고 있었다.

잘생김이 뚝뚝 흘러나왔다. 저 정도 외모면 능력이 없어도 만나보고 싶을 생각이 들 정도였다.

'연예인이야, 뭐야.'

지수민이 사무실을 둘러보며 주변을 둘러보고 있을 때 차츰 사무실도 잠잠해지기 시작했다.

그날 있었던 '이슈'가 어느 정도 마무리된 것이다.

매일 같은 옷을 입고 강성규 뒤나 졸졸 쫓아다니던 사람이었다. 미래정보기술에 입사해서는 그저 한낱 동네북에 불과했다.

그러나 지금은 아니었다.

그가 중심이었다.

용호가 최혜진이 가져온 유부초밥을 하나 집어먹으며 말했다.

"혜진이 요리 솜씨가 많이 늘었어."

"다 선배 덕분이에요. 우리 대방 씨를 매일 야근시키니 혼자 할 수 있는 게 요리밖에 없어서요."

최혜진의 가시 돋친 말에 용호가 억울한 듯 입을 열려 했다.

"혀, 형님! 이것도 먹어보세요."

그러한 용호의 행동을 눈치라도 챈 듯 나대방이 급히 앞에 놓여 있던 장어 한 조각을 내밀었다.

읍. 읍.

갑자기 들어온 장어 조각에 목이 메는지 신음을 토했다. 그러자 옆에 앉아 있던 루시아가 재빠르게 용호의 손에 음료를 쥐여주었다.

"고마워."

휙. 휙.

동시에 두 개의 고개가 용호를 보고 있었다.

정단비 그리고 지수민이었다.

"아니에요."

루시아는 둘이 있을 때와는 또 달랐다. 말이나 행동을 함에 있어서 일절 부끄러운 기색은 보이지 않았다.

'응?'

식사 자리에 순간 냉랭한 기운이 퍼진 듯한 기운이 느껴졌다. 용호만이 느낀 것이 아닌 듯, 하나같이 어색해하는 모습이 역력했다.

"이야, 장어가 맛있네. 형님, 아무래도 오늘은 일찍 퇴근해야겠습니다. 장어를 너무 먹었더니……."

아악!

나대방의 눈치 없는 소리에 최혜진의 조용한 응징이 가해졌다. 약간의 소란 덕분일까, 분위기는 다시 정상을 찾아갔다.

이미 야근은 정해져 있었다. 수주되기 전 상황을 모니터링하기 위해 매일 돌아가며 당직을 서고 있는 중이었다.

오늘은 용호 차례였다.

별 얘기도 하지 못한 채 보내는 것이 미안하다는 듯 용호가 지수민을 보며 말했다.

"여기까지 와줬는데 미안하네."

"뭐, 아니에요. 그냥 어떻게 지내나 해서요."

"보다시피, 별로 다를 게 없어. 여전히 개발하면서 지내지."

"그러네요."

짧게 대답한 지수민이 용호를 쳐다보았다. 용호도 더 이상 할 말이 없는지 멀뚱히 지수민을 바라보기만 했다.

이때까지 말을 이어가야 하는 건 그녀의 역할이 아니었다. 항상 남자 쪽에서 재밌는 이야기를 생각해 내고 자신을 즐겁게 해주었다.

"어, 저기 혜진이 간다. 그럼 다음에 또 봐."

그리고 이렇게 쉽게 헤어지지도 않았다. 먼저 다른 일로 만남을 끝내는 것도 자신이었다.

익숙지 않은 상황에 지수민은 그저 몸을 돌려 돌아서는 것으로 대답을 대신했다.

"여전하구먼."

차갑게 돌아서서 엘리베이터를 타는 지수민을 보며 용호가 조용히 중얼거렸다.

여전했다.

도통 호감이 가지 않았다.

*　　　　　*　　　　　*

이 주일째.

이제 약속했던 시간의 절반가량이 지나고 있었다. 그동안 수많은 문젯거리들이 발생했고 Fixbugs는 그 문제들을 차분히 해결해 나갔다.

"정말 없어요?"

김원호가 강성규에게 다시 한번 확인했다. 그러나 몇 번을 확인해도 결과는 마찬가지였다.

"없습니다. 이제는 오히려 팀원들이 일을 달라고 할 지경이에요."

"하하, 일 없으면 인력도 필요 없다는 걸 모르나."

"네?"

김원호는 강성규의 당황스러운 표정은 신경도 쓰지 않은 채 급하게 사무실을 빠져나갔다.

"인력도 필요가 없어……."

강성규는 자리에 앉아 김원호가 남긴 마지막 말을 음미해 보았다. 가슴 아픈 일이지만 맞는 말이다.

일이 없다면 사람도 필요가 없다.

사무실을 나온 김원호가 찾은 사람은 다름 아닌 노준우였다. 평소 돈독한 관계를 유지한 건 지금과 같은 비상 상황 때문이었다.

평소 고개를 숙이고 비굴하게 행동한 건 단 한 번, 지금 당당하게 고개를 펴고 바라보기 위함이었다.

"매니저님. 이렇게 보고만 계실 겁니까?"

"하하, 김 과장님이 급하셨나 보네."

"만약 지금 벌어지고 있는 일이 입찰에까지 영향을 준다면,

저희 회사도 꽤나 타격을 입는 겁니다. 저 또한 마찬가지고요."

"그래서 저보고 어쩌라고요?"

노준우의 거센 반응에도 김원호는 아랑곳하지 않았다. 모든 것은 이미 장부에 낱낱이 적혀 있었다.

돈을 준 건 이런 일에 대비하기 위함이기도 했다.

"이쯤 되면 저희한테도 성의를 보여주셔야지요."

"성의라……."

"이 정도 했으면 약간의 성의를 보여주실 때도 되지 않았습니까."

김원호의 말에 노준우가 바로 허리를 숙이며 김원호의 귀에다 대고 속삭였다.

"그래서 제가 생각을 해봤는데… 김 과장님 부업 하시는 거 있지 않습니까? 그거 한번 터뜨리죠."

"네?"

"아, 다 아는데 왜 이러실까. 저희 회사 개인 정보 빼다가 팔고 계시잖아요. 그거 Fixbugs 에이전트를 통해서 했다고 하자니까요."

"……."

"과장님이 아는 사람들 몇 있을 거 아닙니까. 과장님이 직접 했다고 하지 말고, 일 진행하면 되잖아요. 그걸 건수로 차세대 수주 금액도 올리고. 일석이조잖아요."

김원호는 아무 대답하고 하지 못하고 그저 듣고만 있었다. 일견 타당하게 느껴졌다. 안개가 가득하던 머릿속에 한 줄기

빛이 비치는 듯했다.

"누이 좋고, 매부 좋고, 잘되면 아시죠?"

노준우가 쐐기를 박았다. 김원호는 바로 KO통신사 빌딩을
나와 어딘가로 급히 차를 몰았다.

Chapter 7

1,200만 개의 개인 정보

입사 3개월째.

얼마 전 미래정보기술에 신입 사원으로 입사하여 처음으로
파견 온 것이 이곳 KO통신이었다.

SI?

말로는 종종 들어보았다.

졸업한 선배들이 대부분 SI에 종사하고 있다고 했다.

하긴 어쩔 수 없다.

대한민국 소프트웨어 산업의 80%가 솔루션이 아닌 B2B를
대상으로 하는 SI라고 들었다.

입사한 회사가 비록 대기업은 아니었지만 만족했다.

선민대학교를 졸업하고 갈 수 있는 곳은 이 정도만 해도 준

수했다.

"규호야, 오늘 올라온 이슈 없지?"

"네, 없습니다."

나는 나름 신입의 패기를 담아 답했다. 얼마 전, 같은 학교 선배이자 미래정보기술을 거쳐 가셨던 선배님이 만드신 시스템이 적용되었다.

그 후로 눈에 띄게 이슈 사항이 줄어들었다. KO통신의 시스템을 전 방위로 감시하는 Fixbugs에서 찾아내는 버그의 숫자도 점차 줄어들었다.

그만큼 대리, 과장님들이 해야 할 일은 줄어들었고, 꺼지지 않던 내 컴퓨터의 전원도 제시간에 꺼지는 일이 늘어났다.

"오늘은 이만들 하고 들어가자고."

팀장님의 말에 너도 나도 이미 짐을 싸 자리에서 일어났다. 그는 가장 늦게 자리에서 일어났다. 남자라면 누구나 다녀오는 군대에서 배운 것 중 사회생활에 가장 쓸모 있는 것이 '눈치'였다.

신입이 가장 먼저 짐을 싸고 퇴근만을 기다리고 있으면 좋아할 사람은 어디에도 없다.

군대에서도 마찬가지다.

이등병이 일이 끝났다고 복귀할 준비나 하고 있으면 욕 먹기 십상이었다.

"규호는 여자친구 만난다고 했나?"

"네. 신사 쪽에서 만나기로 했습니다."

정말 간만에 찾아온 정시 퇴근이다. 내가 처음 입사하여 회사를 다니며 가장 이해가 가지 않는 말이 '칼퇴'였다.

칼퇴하냐?

분명 정당한 업무 종료 시간에 퇴근하였지만 사람들은 칼퇴라는 이름을 붙여놓고 비아냥거렸다. 칼퇴가 아니라 '정시 퇴근'입니다, 라고 말하고 싶었지만 하지 않았다.

참는 것이 미덕이고, 퇴근은 윗사람이 할 때 하는 것이 회사를 입사할 때 보았던 '취업 규칙'보다 우선시되었다.

"여자친구 만나는 것도 좋지만 이렇게 일 없을 때 공부해 둬야 해. 나중에 후회한다."

"네."

이때는 미처 알지 못했다. 대리님의 저 말을 깊게 생각하지 않았다. 그저 오랜만의 정시 퇴근으로 여자친구를 만날 생각밖에 하지 않았다.

아! 그리고 또 하나.

Fixbugs라는 시스템을 만든 이용호라는 선배에게 감사할 뿐이다.

*　　　*　　　*

용호가 피곤에 지친 팀원들을 돌아보며 격려했다.

"이제 일주일 남았다."

"네, 네… 에"

다들 피곤에 지친 기색이 역력했다. 혹시나 이상이 생길까 비상 대기했다. 간간이 코드를 고치고, 현재의 프로그램을 다시 한번 검토했다. 이상이 없었지만 혹시나 모를 일을 준비하는 것이다.

"지금까지 잘 해왔으니까. 며칠만 더 힘내자."

용호는 말로만 하지 않고 얼마 전 얼마 전 백화점에서 구입해온 산삼 진액을 꺼내 들어 돌렸다.

"하나씩 마셔봐."

나대방이 빠르게 원샷 후 말했다.

"형님, 하나 더 없습니까?"

"야, 많이 먹으면 오히려 안 좋아."

"안 좋을 때 안 좋더라도 하나 더 먹어야겠습니다."

"하여간 저놈은……."

용호가 할 수 없다는 듯 병 하나를 더 꺼내 나대방에게 건넸다.

띠리리리. 띠리. 띠리.

나대방의 핸드폰이 요란하게 울리기 시작했다. 동시에 나대방의 시선도 핸드폰으로 향했다.

번호를 확인한 나대방의 인상이 확 구겨졌다.

070—2312—××××.

"아, 나… 약정 아직 끝나지도 않았는데 자꾸 핸드폰 바꾸라고."

이제는 번호만 보아도 알 수 있었다. 분명 핸드폰 개통 관련 전화였다. 나대방은 전화를 받지도 않은 채 수신 거부를 하고 용호가 건네준 드링크를 한 병 더 원샷했다.

"자, 다들 힘내자!"

용호 스스로에게 하는 말이기도 했다.

적을 알고 나를 알면 백전백승.

피하기만 할 수는 없다.

김원호는 용호의 사무실로 차를 몰았다. 혹시나 협상의 여지가 있거나 알아둬야 할 게 있나 싶은 마음도 있었다.

딩동.

사무실 앞에 도착한 김원호가 벨을 눌렀다.

그러나 문이 열리지 않았다. 아직 여섯 시가 되기 전. 퇴근할 시간이 아니었다.

몇 번을 눌러도 자동문이 열리지 않자 이번에는 김원호가 문을 두드리기 시작했다.

쿵. 쿵.

"이상하네."

전화라도 걸어볼까 싶어 김원호가 핸드폰을 드는 순간 문이 열렸다.

밖으로 얼굴을 보인 사람은 이미 익숙한 그 얼굴, 용호였다.

그간의 영업 활동으로 뻔뻔함이 늘었는지 인사하는 데 전혀 어색함이 없었다.

지난번처럼 자신을 피하는 모습은 찾아볼 수가 없었다.

"하하, 잘 지냈어?"

"어쩐 일입니까?"

용호의 입장에서는 길게 이야기할 이유가 없다. 짧고 사무적으로 답했다.

"솔루션을 만들었다기에 우리도 하나 구입할까 해서… 안으로 들어가서 이야기 나눌까?"

"아니요."

"으, 응?"

김원호는 잘못 들었다고 생각했는지 다시 한번 반문했다.

"저는 할 말 없습니다. 별로 이야기 나누고 싶지도 않군요. 미래정보기술… 그냥 망해 버렸으면 좋겠다고 수십 번도 생각했습니다."

"……."

이쯤 되자 김원호도 깨달은 듯했다. 용호는 대화를 원하지 않는다.

"그런데 아직 안 망하고 오히려 매출은 더욱 성장했더군요. 개인의 개성은 무시하고, 직원은 부속품으로 여기는데도 성장을 하다니… 참 신기해요. 그렇죠?"

"그래서?"

"그래서는 뭘요. 오늘 반가웠습니다."

용호는 바로 문을 닫아버렸다. 투명한 유리문 사이로 김원호와 용호의 눈이 마주쳤다.

'후회하게 될 거야.'

김원호의 마음속 소리가 문 너머까지 들리는 듯했다.

'후회? 누가 할 소리. 이 유리 벽이 막아선 것처럼 나한테 닿지도 못하게 될 거야.'

자동문을 사이에 두고 하는 마음의 소리가 서로의 귀에 생생하게 들리는 듯했다.

*   *   *

아침 햇살이 잘 들어오는 남향 집.

침대 안으로 빛살이 비치고 있었다.

방 안으로 들어온 빛이 한 남자의 얼굴에 부딪쳐 비산했다. 그 모습이 마치 숲 속에 잠든 왕자님 같았다.

삐비빅.

삐비빅.

알람 소리에 카스퍼스키가 침대에서 일어나 바깥으로 시선을 돌렸다.

창가 바로 너머에 한강이 도도히 흐르고 있었다.

저 모습 때문에라도 비싼 돈을 들인 것이 아깝지가 않았다.

한강이 보이는 아파트는 특히 비쌌다. 지금까지 모은 돈의 대부분을 들여 겨우 구입했다.

"출근 준비를 해볼까."

카스퍼스키는 먼저 커피 한 잔을 내렸다. 그러고는 거실 창가에 마련된 의자로 가 앉았다.

하루라도 총성이 들리지 않으면 고개를 갸웃거려야 하는 곳에서 밤늦도록 거리를 돌아다녀도 안전에 문제가 없는 나라로 왔다.

느닷없이 찾아온 안정적인 생활이 때로는 두렵기까지 했다.

"음……."

커피 한 잔을 마시며 핸드폰으로 밤사이 도착한 문자와 이메일 등을 확인했다.

나쁘지 않은 머리 탓인지 그간 한국어도 어느 정도 해석할 수 있을 정도로 학습되었다.

하나씩 메일을 읽어 내려가던 카스퍼스키가 이맛살을 찌푸렸다.

고객님의 소중한 개인 정보가 유출되었습니다.

아래 링크를 통해 자사의 홈페이지에서 정확한 유출 여부를 확인해 주시기 바랍니다.

카스퍼스키의 이마에 힘줄이 돋아났다.

빠직.

"감히 어떤 놈이."

카스퍼스키가 어이가 없다는 듯 중얼거렸다. 세계 최고의 프로그래머이자 그에 못지않은 해킹 실력을 가진 자신이다.

그런 자신의 개인 정보가 유출되었다는 안내장이 도착했다. 어떤 놈인지 영혼가지 탈탈 털어버리리라.

카스퍼스키가 자리에서 일어나 방문 하나를 열었다.

우두둑.

손가락 관절을 풀어낸 카스퍼스키가 컴퓨터 앞에 앉아 집중하기 시작했다.

벽에 달린 시계가 10시를 넘어 11시를 지나고 있었다.

용호가 급하게 카스퍼스키를 찾았다. 그러나 회사에 오지도, 전화 연락을 받지도 않았다.

"아직 출근 안 했어?"

"네… 이상하네요. 이렇게까지 출근을 안 할 사람이 아닌데……."

"도대체 뭘 하기에 전화도 안 받는 거야."

용호가 답답하다는 듯 중얼거렸다. 전화조차 받지 않았다. 벨이 울리는 것이 전화기가 꺼진 것 같지는 않았는데 연락이 닿질 않았다.

"지금 당장 들어오라는데……."

용호가 급한 마음에 일단 설명 자료를 챙겼다.

사상 최대 개인 정보 유출 사건.

이미 한번 털린 KO통신이었다. 당시 유출된 것이 800만 건가량 된다고 알려져 있다.

이번 유출 사건을 통해 해킹당한 건수는 1,200만 건, 단일 규모로는 엄청난 양이었다.

파급력은 엄청났고, 불처럼 타오르는 대중들의 질타를 진화하기 위해 KO통신의 업무는 마비될 지경이었다.

"설마 또……."

용호는 예전 기억이 떠올랐다. 자신에게 책임을 지우고 옷을 벗게 만들려던 개수작.

그냥 너 한 명이 책임지고 떠나면 된다는 헛소리, 개인 정보를 유출한 범인은 따로 있었지만 KO통신으로서는 그로 인한 손실을 만회해야 했다.

그래서 생각해낸 것인 외주사들에게서 흠집을 잡아 손해 보상비를 물게 하거나, 유지 보수 계약 금액을 낮추는 것이었다.

털어서 먼지 안 나오는 집은 없다.

미래정보기술은 털리기 전 협상을 통해 적정선을 정한 것이다.

그렇게 선택된 것이 용호.

이번에도 불길한 예감이 엄습하고 있었다.

더구나 자사의 솔루션이 300대의 하드웨어에 걸쳐 설치되어 있는 상황이다.

"카스퍼스키!"

마침 문으로 카스퍼스키가 들어서고 있었다.

회사의 보안 책임자.

불안했던 마음이 그를 보자 차츰 잦아들기 시작했다.

버그를 찾는 능력은 용호가 누구보다 월등할지 몰랐지만, 해킹에 관해서라면 카스퍼스키를 따라올 자가 없다.

기쁜 마음에 용호가 한걸음에 달려나가 그를 마중했다.

"뭐야, 왜 이렇게 늦었어!"

카스퍼스키가 지각한 벌칙으로 주머니에서 오만 원을 꺼내 통에 담으며 말했다.

"내가 오만 원 내는 게 그렇게 기쁜가?"

"가자, 바로 갈 데가 있어."

"피곤해."

"그래도 가야 돼."

아침에 일어나자마자 뿔이 난 상태로 여러 일을 처리하고 와서인지 피곤한 기색이 역력했다.

그러나 용호는 그런 카스퍼스키를 가만두지 않았다.

S타워 지하 주차장에서 차 한 대가 빠르게 빠져나왔다.

이미 본사 업무는 마비되다시피 했다.

기자들이 진을 치고 있어 출근하는 것조차 고역이었다. 그 모습을 확인한 노준우는 오히려 웃고 있었다.

어차피 자신은 곧 이직할 것이다.

회사가 어떻게 되든 상관없는 일이다.

'일이 잘 진행되었나 보네.'

출근해서 메일을 확인해 보니 앞으로의 행동 지침이 메일로 도착해 있었다.

가장 중요한 것은 절대 함구.

그러나 직원들 사이에 퍼지는 소문까지 막지 못했다.

"그러게 그런 솔루션을 갑자기 왜 도입한다고 해서."

"일 잘못되면 회장님도 잘려 나간다며?"

"그나마 공정한 회장이었는데……."

혀를 차며 대화하는 내용을 듣자 하니 김원호가 일을 제대로 한 모양이었다.

'일이 정말 잘 풀리면… 이거 이직을 안 해도 되겠는데.'

이직을 하는 순간 자신이 지금까지 이 회사에서 쌓은 커리어는 '무'로 돌아간다.

비록 연봉은 올라간다지만 다시금 회사 내에서 기반을 닦기란 쉽지 않다.

특히나 경력 입사자는 소위 신라 시대 육두품만도 못했다.

성골은 회사의 수장 일가를 지칭한다.

진골은 공채 입사자, 그리고 경력 입사자들은 육두품이나 그 밑의 계급이다.

이제 곧 점심시간, 여유롭게 메일을 확인하고 있는 노준우를 누군가 급하게 불렀다.

"매니저님, 지금 회장님실로 빨리 오라십니다."

"응?"

"회장님이 찾으세요."

"무슨 말이야, 그게."

노준우는 문득 얼마 전의 악몽을 떠올렸다. 회장님과 이용호가 앉아 있던 그 자리에 도착해서 당했던 수모가 아직 가시지 않은 상태다. 그런데 다시금 자신만을 따로 부르고 있었다.

"저도 자세히는 모르겠습니다."

오라고 하는데 가지 않을 수도 없었다. 노준우가 힘없이 자리에서 일어났다.

*   *   *

이번 개인 정보 유출에 사용된 건 파로스, 이른바 프록시 서버를 만들 수 있는 프로그램이다.

프록시 서버는 일종의 중계 서버 역할을 한다.

예를 들면 택배가 우리 집으로 도착하기 전에 잠시 머무는 중간 지점이 존재한다. 각 지역 거점에 건설되어 있는 중간 지점에 잠시 머물렀다가 다시 고객의 집으로 발송되는 것이다.

파로스가 하는 역할이 이런 '중간 저장소'다.

웹 사이트에 접속하기 전 중간에 이곳을 거치도록 만들 수 있었다. 이러한 파로스라는 프로그램을 이용하여 KO통신의 취약점을 파고든 것이다.

개인별로 고객에게 부여되어 있는 고객 번호를 입력하면 로그인을 하지 않고도 해당 고객의 요금 통지서를 볼 수 있다는 사실을 악용한 것이다.

파로스로 변형된 프로그램을 만들어 무작위로 고객 번호를 조합하여 통신사 홈페이지에 요청하여 고객의 통지서에 나와 있는 개인 정보들을 긁어냈다.

외부에는 무작위로 조합하여 입력했다고 알려져 있었지만 내부 조사 결과는 아니었다.

오히려 그 반대였다.

"이, 이게 사실입니까?"

고진성은 여전히 믿기지 않는 듯했다. 그러나 믿을 수밖에 없었다.

용호가 들어온 증거들이 하나같이 사실을 증명해 주고 있었다. 내부 조사 결과와는 또 달랐다.

"익명의 제보에 따르면 Fixbugs의 솔루션이 설치될 때 악성코드가 함께 심어졌고 이번 사건 바로 전에 삭제됐다고 하는데… 자체 조사 결과도 그렇게 나왔습니다. 그런데, 따로 악성코드가 설치되었다……."

"악성코드가 나왔다는 시스템이 어딥니까?"

"자사의 K—추천 시스템입니다."

"아… 그 미래정보기술에서 구축했다던……."

예전에 이미 한번 들어보았던 시스템 이름이었다. 과거 신세기에서 추천 시스템을 구축하려 할 때 미래정보기술에서 사례로 소개했던 기억이 있었다.

"잘 아시나 보죠?"

고진성이 조심스럽게 물어보았다. 본성 자체가 공명정대한 면도 있었지만 용호라는 인물의 뒤에 있는 배경도 중요하게 작용했다.

지난번에 함께 온 나선기 의원, 차기 대권주자로까지 거론되고 있는 사람이다.

굳이 나쁜 인상을 줄 필요는 없었다.

"혹시 지금 그 시스템을 담당하고 있는 사람 좀 알 수 있을까요?"

"뭐, 사실 관계 확인을 위해서라면……."

고진성이 자리 옆에 놓인 인터폰을 누르고 몇 마디 던졌다. 그러자 채 10분이 지났을까. 다시금 회장실 문이 열리며 한 남자가 들어왔다.

노준우도 처음 보는 사람이 한 명 앉아 있었다. 얼굴에서 잘생김이 뚝뚝 묻어 나오는 사람, 방금 전 TV를 찢고 나온 듯 보였다.

그에게 정신 팔리기도 전 고진성이 그를 불렀다.

"자네가 K—추천 시스템을 담당하고 있다고?"

"네, 맞습니다."

노준우가 황급히 고개를 숙였다. 앞으로 어떻게 될지 모르지만 아직까지 그가 회장이다.

"자체 조사 결과도 그렇고 문제가 K—추천 쪽에서 발생했다고 하는데… 여기 이분이 조금 이야기를 하고 있어서 말이야."

"……."

"같이 가서 한 번 더 정확하게 찾아보게. 자네가 담당자니 잘 알 거 아닌가."

노준우는 다시금 고개를 숙일 수밖에 없었다. 용호가 자신을 보며 웃고 있는 건 눈에 들어오지도 않았다.

비바람이 불면 피해 가라고 있다.

그런데 이건 그 반대였다. 오히려 그 중심으로 들어가는 형국이 조성되는 듯했다.

밖으로 나오자마자 용호가 먼저 악수를 청했다.

"앞으로 잘 부탁드립니다. 어떤 놈들인지 철저하게 조사해 보죠."

"…그, 그럽시다."

아직 얼떨떨한지 정신을 차리지 못하는 노준우를 누군가 불렀다.

"노 매니저, 잠깐 나 좀 보지."

40대는 넘어 보이는 나이에 어딘가 날카로워 보이는 인상이 기억에 남았다.

과거 기억을 더듬어 보던 용호도 이내 이름을 기억해 냈다.

'이두희?'

"그럼… 잠시 실례하겠습니다."

"네. 저희도 잠깐 커피 한잔하고 오겠습니다."

그들을 뒤로한 채 용호가 등을 돌렸다. 뒤에서 수군거리는 소리가 수상해 귀를 쫑긋 세워보았지만 들리지 않았다.

목소리는 점점 작아져 아예 들리지 않을 정도였다. 이두희는 노준우를 빌딩 구석 중에서도 구석, 후미진 곳으로 데려갔다.

"무슨 일이야?"

"갑자기 저보고 Fixbugs 측과 함께 이번 사태를 조사하라 십니다."

"너랑? 왜?"

이두희는 이해가 가지 않는다는 듯 노준우를 바라보았다.

"자체 조사 결과 제가 담당하고 있는 시스템에서 문제가 발생한 것으로 보이고 있어서요. K—추천 시스템 쪽에서 고객 번호가 대량 빠져나갔다고 파악하고 있는 모양입니다."

"그렇단 말이지……."

이두희는 잠시 말을 멈춘 채 생각에 잠겼다. 노준우도 조용히 기다려 주었다.

"자네는 내가 믿고 있으니까 하는 말인데… 어떤가? 이 기회에 승진해야지."

"저야 항상 선배님만 믿고 따르지 않았습니까."

"그러면 오늘 퇴근하고 다시 보지."

"알겠습니다."

위기는 기회를 동반한다. 한쪽의 위기는 다른 쪽이 득을 볼 수 있는 기회였다.

이두희도, 노준우도 그 기회를 잡기 위해 혈안이 되어 있었다.

한편 카페로 들어간 용호가 카스퍼스키에게 다시금 물었다.

"정말 우리 문제가 아니란 말이지?"

"몇 번을 물어보는 거냐. K-추천에서 추천 데이터를 만들기 위해 사용하는 고객 번호가 대량 유출된 건 맞다. 하지만 Fixbugs의 솔루션과는 전혀 상관없다."

"우리 솔루션이 설치될 때 같이 설치됐다고 하는 건… 그건 어떻게 된 거야?"

"당연히 다른 놈들이 설치한 거지."

"그러니까 그걸 어떻게 증명할 거냐고."

용호가 답답하다는 듯 물었다. 아직 완벽하게 상황을 파악한 상태가 아니었다. 차를 타고 오며 카스퍼스키에게 들은 바는 범인을 잡았으니 안심하라는 말이 다였다.

"이미 기록은 가지고 있다. 이게 맞는지 다시 한번 확인해 보는 절차만 남았을 뿐이야."

"야!"

용호의 외침은 아랑곳하지 않고 카스퍼스키는 자기 할 말만 해댔다.

"서버실에 가자. 그러면 돼."

"……"

용호는 더 이상 열을 내서 될 일이 아니라는 걸 깨달았다. 실력이야 확실한 친구였다.

압박은 위, 그리고 아래에서 동시에 가해졌다. 고진성은 자리에 앉아 있는 것 자체가 가시방석이었다.

"믿을 사람이 이렇게 없었나……."

자신을 쳐내려는 세력이 이렇게 많을 줄은 몰랐다. 정부에서도 내정자가 있는지 책임을 지고 자리에서 물러나라고 난리였다.

문제는 회사 내부에서도 자리를 내놓으라는 사람이 있다는 것이었다.

"솔루션 계약을 검토하라고 한 게 내 탓이니……."

마치 모든 문제가 자신으로 인해 발생한 것처럼 일이 흘러갔다. 용호의 솔루션을 도입하는 바람에 개인 정보 유출 사건이 발생했다는 기사가 조금씩 힘을 얻고 있었다.

그런 언론을 등에 업고 몇몇 이사진과 부회장을 중심으로 책임질 사람이 필요하다는 이야기가 나오고 있는 중이었다.

"잘해줘야 할 텐데."

이제 믿을 건 용호밖에 없었다.

＊　　　　＊　　　　＊

철컹.

"당신은 변호사를 선임할 권리가 있고 묵비권을 행사할 수 있습니다."

갑자기 날벼락이 떨어졌다.

커피 한 잔을 마시고 KO통신 사무실로 들어서는 순간, 대기하고 있던 경찰이 용호의 양쪽 팔을 잡으며 손에 수갑을 채워버렸다.

"무, 무슨 일입니까!"

용호도 갑작스러운 일에 당황한 기색이 역력했다. 옆에 서 있던 카스퍼스키가 오히려 침착해 보였다.

"범인들이 자백했습니다. 서로 가서 이야기하시죠."

"범인이라니 무슨 말도 안 되는 소리를 자꾸!"

용호가 소리쳤지만 응답 없는 메아리일 뿐이었다. 이미 범인들이 잡혔고, 범인들이 지목한 공범이 바로 용호였다.

속수무책.

용호는 상상도 하지 못했다. 듣자 하니 범인들이 자신을 공범으로 지목했다는 소리 같았다.

하루 종일 회사를 떠난 적조차 없는 자신이다.

그러나 KO통신에서만 벌어지고 있는 일이 아니었다. 역삼역 S타워 11층에서도 비슷한 일이 벌어지고 있었다.

나대방이 사무실의 서류들을 가져가려는 수사관을 막아섰다.

"안 됩니다."

"비키시죠."

사무실로 들어온 수사관이 나대방의 눈앞으로 영장을 들이밀었다.

생전 처음 보는 영장이었다. 나대방이 한 발 물러서자 수사관들의 움직임이 한층 빨라졌다.

개발하고 있던 컴퓨터들을 박스에 담고, 사무실을 헤집으며 관련 서류들을 챙기기 시작했다.

"개인 정보를 유출했다니, 도대체 누가, 누가 그랬다는 겁니까!"

나대방이 소리쳤지만 누구에게서도 대답은 없었다. 제임스나 루시아는 어리둥절할 뿐이었다.

갑자기 사무실로 들이닥친 사람들이 영장을 들이밀며 물품들을 압수해 가도 할 수 있는 일이 없었다.

수갑이 채워진 용호를 연행해 가려는 형사의 굵은 손목을 가늘고 긴 손목을 가진 사람이 잡아챘다.

카스퍼스키였다.

"잠깐만요."

"뭡니까!"

형사가 거칠게 카스퍼스키의 손을 뿌리쳤다. 그러고는 위협적으로 말했다.

"공무집행방해로 같이 들어가실 수 있습니다."

하지만 전혀 주눅 든 모습이 아니었다. 카스퍼스키는 오히려 여유로운 모습으로 손목을 쓰다듬었다.

"지금 헛다리 짚으신 겁니다."

"뭐라는 거야."

카스퍼스키는 주머니에 넣어두었던 핸드폰을 들고는 파일 하나를 플레이 시켰다.

—우리 솔루션에서 고객 번호 빼줄 테니까 사례는 확실하게 해야 합니다.

—물론입니다. 걱정하지 마십시오.

—계좌는 예전처럼 그 계좌로.

—그러시죠.

"잡힌 범인들이 누군지는 모르겠지만 여기 나오는 전화기의 목소리들이 범인인 것 같은데요."

"이 사람이 뭐라는 거야!"

그러나 형사는 믿지 않았다. 그저 막무가내로 용호를 끌고 가려 했다.

"뒷감당하실 수 있겠습니까?"

카스퍼스키가 내민 증거가 너무 확실해서일까. 옆에 있던 다른 형사 한 명이 어딘가로 전화를 걸었다.

그러고는 몇 마디 말을 나눈 후 다시금 전화를 끊었다.

"모, 목소리가 같은데요?"

"뭐?"

"이용호 씨를 공범으로 지목한 범인 목소리와 동일합니다."

"……"

용호의 손목에 수갑을 채웠던 형사는 순간 당황했는지 어찌할 바를 몰라 했다.

지금의 상황에 차츰 용호도 적응을 해갔다. 카스퍼스키의 녹취록을 듣는 순간 안정은 바로 찾아왔다.

"이것부터 풀어주시죠. 변호사와 먼저 통화를 해야 할 것 같습니다만."

명확한 증거가 존재하는 상황.

"그, 그래도 일단 서까지 가셔야 합니다."

"한시가 바쁘다고요!"

"……"

묵묵부답.

용호는 이곳에서 난리를 피운다고 문제가 해결될 것 같지 않았다. 일단은 따라 가야 했다.

"나대방한테도 알려줘."

용호는 왠지 자신만 엮인 것 같지 않았다. 회사에서 일이 생겼을 것 같은 느낌이 강하게 들었다.

막 박스에 테이프를 붙이고 들고 나가려던 수사관들이 전화한 통을 받고는 수집했던 물건들을 다시 내려놓기 시작했다.

거칠게 몰아칠 때는 언제고 이제는 순한 양이라도 된 것처럼 컴퓨터와 서류들을 제자리에 놓고 있었다.

그 모습을 확인한 나대방이 의기양양하게 말했다.

"하아… 참 나. 진짜 어이가 없어서. 어디서 왔습니까? 소속 부서 어디에요."

"……."

"연락 받으셨으면 하셔야 할 일 다시 하세요!"

나대방이 소리치자 수사관들이 우물쭈물거리며 다시 박스를 풀어 짐을 내려놓기 시작했다.

수사관들이 짐을 풀기 시작하자 나대방이 다시 전화를 걸었다.

"어, 형. 짐 다시 풀고 있어. 그래. 응."

나대방이 전화기를 옆에 있던 수사관에게로 넘겼다.

"이미 아실 테죠? 서울 중앙지검 차장검사 나대성 검사님입니다. 한번 받아보시죠."

나대방이 막내, 그리고 첫째가 나대성. 서울 중앙지검 차장검사라는 위치에 있는 사람이었다.

Chapter 8
사람은 필요 없다

새까맣게 선팅된 차 안에서 어떤 일이 벌어지는지 외부에선 전혀 확인할 수 없었다. 윤기 나는 검은색 가죽이 내부의 고급스러움을 더했다. 차 안에서 흘러나오는 클래식도 절정에 달하고 있었다.

내부에 장착되어 있는 오디오 시스템이 한두 푼 하지 않는다는 것을 증명이라도 하듯 귀를 더욱 즐겁게 만들었다. 음악이 끝나자 옆에 함께 앉아 있던 비서가 조심스럽게 입을 열었다.

"일이 틀어졌다고 합니다."

타닥. 타닥.

팔걸이에 걸치고 있는 손가락이 음악에 맞추어 춤을 추었다. 아직은 기분이 그리 나빠 보이지 않았다.

"그러면 인수도 못 한다는 말이지?"

"……."

"KO통신 수주도 물 건너갈 테고?"

"……."

"회장을 바꾸는 일도 마찬가지란 말일 테지."

"……."

"자네는 앞으로 어떻게 했으면 좋겠나?"

비서는 아무 말도 하지 않고 조용히 있었다. 자신이 할 일은 계획을 세우는 것이 아니다.

이미 정진용의 머릿속으로 계획되어 있는 일을 정확하게 파악하여 실행에 옮기는 것이다.

마치 정진용이 지시한 일이 아닌 것처럼, 모두 자신이 생각하여 실행한 것처럼, 지금과 같이 일이 틀어져도 자신만 잘려 나가면 처음부터 아무 일도 없었던 것처럼.

"……."

"잘 생각해 보고 행동하도록 해."

*   *   *

카스퍼스키가 가지고 있던 녹취록은 경찰에게 넘겨졌다. 경찰서에 갔다는 말을 듣고 나대방의 형인 나대성이 전화를 한 덕분인지 용호는 이내 피의자의 신분을 벗고 풀려날 수 있었다.

경찰서를 걸어 나오던 용호가 앞에서 기다리고 있던 나대방을 보며 말했다.

"형이 검사인 줄은 몰랐네."

용호는 정말 몰랐다. 따로 들은 적도, 형에 대해 물은 적도 없었다. 아버지는 국회의원에 형은 검사, 집안의 힘이 어디까지인지가 궁금해졌다.

하지만 뒷머리를 긁적이던 나대방이 곤란해하고 있었다.

"그냥 뭐……."

그 모습에 용호도 더 이상 물어보지 않았다.

한바탕 소란이 벌어졌지만 하던 일은 마무리해야 했다.

"서버실로 가자."

용호가 카스퍼스키를 데리고 노준우가 있는 사무실을 찾아갔다. 카스퍼스키가 서버실에 입실하고자 하는 이유는 하나였다. Fixbugs가 기록하고 있는 로그를 확인하기 위함이었다. 솔루션에서 외부망으로 패킷을 보냈다가는 어떤 꼬투리를 잡힐지 몰랐다.

```
./decode.sh —key fkeja11 —file Fixbugs_log.txt


remote IP : 127.0.0.1 command : mv test01 /etc/www
remote IP : 127.0.0.1 command : ./ik—unix—i586—rpm.
bin
```

서버실에 들어간 카스퍼스키는 명령어를 입력하여 나온 결과들을 사진으로 남겼다. 몇몇 명령어들은 용호도 처음 보는 것들이었다.

자사의 솔루션에 이런 기능이 있는지 오늘에야 알았다. 그러나 바로 옆에 노준우도 있었기에 그저 조용히 카스퍼스키가 하는 일을 지켜보기만 할 뿐이었다.

"끝났다."

"결과는?"

"생각했던 대로야. 누군가 서버실로 들어와 고객 번호를 빼갔어. 외부인의 짓이 아냐."

"…그럼 내부에서 고객 번호를 탈취해서 범인들에게 제공했다는 말이야?"

카스퍼스키가 고개를 끄덕였다.

"아무래도 고객 정보에 비해 고객 번호는 관리가 허술하니까."

고객 정보는 개인 정보이기에 관리가 철저한 면이 있었다. 그러나 고객 번호는 다르다.

KO통신에서 임의로 생성한 번호로 고객 번호와 매칭되는 데이터가 없다면 무용지물일 뿐이다.

범인들은 그러한 고객 번호를 대량 탈취했다. 그렇게 탈취한 고객 번호를 KO통신 홈페이지에 무작위로 입력했다.

그렇게 해서 나온 고객별 과금 통지서.

그 통지서 안에 있던 개인 정보를 얻어내 외부에 팔아넘긴 것이다.

"그 내부자가 누군데?"

옆에 함께 있던 노준우가 카스퍼스키에게서 눈을 떼지 못하고 있었다.

그의 입에서 나올 이름이 무척이나 궁금한 듯 보였다.

"범인은 root 계정을 이용했어."

"root 계정을 알고 있고, 서버실에 마음대로 출입할 수 있는 사람이라……."

말을 하던 용호의 눈과 노준우의 눈이 우연찮게 부딪쳤다. 이내 노준우가 먼저 용호의 시선을 회피했다.

"찾아내기 쉽지 않겠는데."

"아니, 의외로 쉬울지도 모르지."

"응?"

카스퍼스키가 검지를 들어 위를 가리켰다. 용호와 노준우의 고개가 동시에 들리며 천장을 바라보았다.

용호도 카스퍼스키가 어떤 말을 하고 있는지 깨달은 듯 중얼거렸다.

"아! CCTV!"

"그 시간대에 출입한 사람들 중 CCTV를 통해 서버에 어떤 명령어를 내렸는지 찾아보면 될 것 같은데?"

용호는 기쁜 기색을 감추지 못했다. 그럴수록 노준우의 안색은 어두워졌다.

'설마……'

노준우는 빠르게 그런 기색을 감추었다. 어차피 일이 잘못돼도 이직하면 그만이다. 괜히 뭔가 연관이 있는 듯한 인상을 줄 필요는 없었다.

카스퍼스키가 넘기고 간 녹취록의 영향력은 상당했다. 범인들은 스스로를 보호할 목적으로 녹취록을 남겼고, 정보를 넘긴 사람이 스스로 Fixbugs의 사장이라고 말했기에 용호를 범인으로 지목했을 뿐이라며 자백했다.

그렇다면 자신을 Fixbugs의 사장이라 소개한 남자는 누군가?

딱 들어봐도 용호의 목소리는 아니었다.

경찰은 녹취록을 들고 다니며 KO통신 이곳저곳을 쑤셔댔다. K—추천 시스템에서 고객 번호가 탈취되었다고 보고 있었기에 해당 시스템을 담당하고 있는 인원들이 첫 번째 타깃이 되었다.

"다음 들어오세요."

한 명씩 들어가서 조사를 받고 나왔다. 용호가 인턴으로 있을 당시와는 또 달랐다.

그때는 자체 조사였지만 지금은 경찰이 앞에 앉아 있었다. 개발자들도 하나같이 위축되어 있었다.

"…어."

경찰이 틀어준 녹취록을 확인한 직원 한 명이 저도 모르게 탄성을 터뜨렸다. 어디서 많이 들어본 목소리 같았다.

"아는 분입니까?"

경찰의 말에 직원이 우물쭈물거리며 제대로 대답하지 못했다.

"범인을 숨기는 것도 법적으로 처리받을 수 있습니다!"

앞에 앉아 있던 경찰이 나직하지만 강경한 목소리로 말하자 남자는 더욱 위축되었다.

"누굽니까?"

"…그, 그게 맞는 거 같기도 하고 아닌 거 같기도 하고……."

"그건 저희가 판단할 테니까 누군지나 말씀하세요."

계속되는 경찰의 윽박에 조사를 받던 개발자가 결국 한 명의 이름을 토해냈다.

"저희 회사 김원호 과장이라고, 영업하시는 분인데……."

"알겠습니다. 이제 나가보세요."

경찰은 단서를 찾았다는 듯 어딘가로 전화를 걸었다. 바깥으로 걸어 나오던 개발자는 똥 씹은 표정을 감추지 못했다.

"당장 찾아봐."

어쩌다 보니 내부 고발자가 되어버렸다. 그것도 김만호 전무의 아들을 고발한 사람.

'큰일 났네.'

혹시나 자신이 말한 것이 들키지 않기만 바랄 뿐이다.

서버실을 빠져나온 용호는 바로 고진성에게 연락하여 CCTV

를 확인해야 한다고 건의했다.

어떤 명령어를 입력하는지 확인해야 했기에 확인 작업에는
자신과 카스퍼스키가 꼭 포함되어야 한다는 말도 잊지 않았다.

"같이 있을 겁니까?"

용호가 옆에 있던 노준우에게 물었다. 이미 퇴근할 시간이
지난 상황이다. 용호가 기억하는 노준우는 무슨 일이 있어도
퇴근 시간은 지키는 사람이었다.

"당연히, 저도 함께 확인해 봐야죠."

혹시나 자신과 연관된 꼬투리가 조금이라도 나온다면 가장
먼저 확인해 봐야 한다.

이두희에게 받은 언질도 있었기에 결코 자리를 뜰 수 없었
다.

*   *   *

정진용이 차를 타고 도착한 곳은 서울 근교의 모처, 회원이
아니면 출입조차 할 수 없는 장소였다.

건물로 들어서기 전부터 사설 경비원들이 지키고 서서 출입
을 통제했다.

경비견까지 동원되어 사뭇 엄정한 기세를 뽐냈다.

안으로 들어서자 이미 몇몇 사람들이 도착해 있었다. 하나
같이 한국에서 제법 콧방귀 뀐다고 하는 사람들이 모여 있었
다.

자수성가한 벤처인에서부터 재벌 2세, 그리고 회계법인에서 로펌의 수장까지… 면면이 다양했다.

케이 소사이어티.

그들을 묶고 있는 단 하나의 공통점이었다.

"정 회장님, 오랜만입니다."

단정하게 3 대 7로 나뉜 가르마가 인상적인 남자가 인사를 청해 왔다.

안수철.

국내 백신 업계를 평정하고 있는 K3의 대표이자 케이 소사이어티의 의장이었다.

"안 대표님 아니십니까."

정진용이 반갑다는 듯 함박웃음을 지었다. 케이 소사이어티는 주식회사 형태로 되어 있었다.

선별된 회원들이 케이 소사이어티의 일정 부분 주식을 가지며, 케이 소사이어티라는 이름으로 몇몇 사업을 진행하기도 했다.

"안으로 들어가시죠."

문을 열고 들어가자, 또 다른 문이 나타났다. 안수철은 그 안쪽으로 정용진을 이끌었다.

"근래 회사를 하나 세우셨다고 들었습니다."

"조그맣습니다. 앞으로는 소프트웨어 없이는 할 수 있는 게 없다 보니 자연히 관심이 가더군요."

"버그 분석 솔루션이라… 아이템 자체가 나쁘지는 않아요."

"뭐, 경쟁 업체도 워낙 쟁쟁하다 보니……."

정진용이 앞에 놓여 있던 차를 홀짝였다. 최고급 보이차, 바깥에서 쉽게 맛볼 수 없는 차였다.

"Fixbugs 말씀이신가 보군요."

안수철도 알고 있다는 듯 눈을 빛냈다. 실리콘밸리에서 혜성처럼 나타난 기업으로 얼마 전 현기 자동차와도 계약을 맺는 것으로 업계에 이름을 알렸다.

차를 마신 정진용이 조용히 고개를 끄덕였다.

"맞습니다."

"인수하시면 될 것 같은데… 쉽지 않은가 봐요."

"하하, 회사 정보 얻기가 만만치 않네요. 혹시 아시는 거라도 있으시면 한 말씀 부탁드립니다."

정진용이 이곳에 꾸준히 참가하는 이유이기도 했다. 서로 간의 정보를 나누고 사전 약속을 통해 기업 활동을 영유한다.

"이거 한국 경제를 영도하시는 분께서 그런 말씀을 하시니 부담스럽습니다."

다른 사람이 들었으면 손사래 칠 만한 말이었지만 자신은 아니다.

"혹시나 미꾸라지 한 마리가 물을 흐릴까, 걱정스럽습니다."

"다른 분들과도 의견을 나눠보죠."

안수철의 말에 끼리끼리 모여 이야기를 나누던 사람들이 공통된 화제를 가지고 이야기를 나누기 시작했다.

소위 국내 10대 재벌이라 일컫는 사람 대부분이 모임의 회원으로 가입되어 있었다.

이들 회원사 기업에서 발생하는 GDP만 해도 국내 경제의 절반을 차지했다.

가히 국내 최대 재계 모임이라 할 수 있었다.

*   *   *

용호의 눈이 토끼 눈처럼 빨갛게 달아올랐다. 밤새도록 CCTV를 확인하느라 잠조차 제대로 이루지 못했다.

카스퍼스키는 어느새 옆에서 졸고 있었다.

노준우 역시 마찬가지였다.

'흠……'

카스퍼스키가 로그를 통해 뽑아낸 결과를 보고는 의심스러운 몇 개 명령어를 집어준 상태였다.

용호는 CCTV를 돌려 보며 카스퍼스키가 확인하라고 한 명령어를 입력한 개발자를 찾는 중이었다.

'이제 거의 다 본 것 같은데……'

확인해야 할 CCTV도 바닥을 보이고 있었다. 용호는 졸린 눈을 참아가며 다음번 영상을 틀었다.

용호가 좀비처럼 같은 말을 중얼거렸다.

'ik… ik.'

카스퍼스키 말에 의하면 ik로 시작하는 명령어가 의심스럽다고 했다.

KO통신사에서 사용하고 있는 유닉스 운영체제에 필요한 프로그램이 아니었고, 다른 시스템에서도 사용하고 있는 것이 아니었다.

로그에 따르면 ik로 시작하는 프로그램이 설치되었다가 삭제된 흔적이 있었다.

"하암……."

용호도 졸음을 이기지 못하고 하품을 쏟아냈다. 영상에서는 또 다른 개발자가 컴퓨터에 명령어를 입력하고 있었다.

"흠… 고생이 많네."

얼마 전 점심 식사를 할 때 소개받았던 신입 사원이 그 자리에 앉아 있었다.

CCTV에 나오는 시간에 따르면 새벽 한 시가 넘어가는 시간, 누군가의 지시에 의한지는 모르지만 야근을 하고 있었다.

그것도 신입 사원 혼자.

"하, 설마."

용호가 토끼 눈을 비비며 모니터를 향해 더욱 가까이 고개를 숙였다. 그 신입 사원이 치고 있는 명령어가 눈에 들어왔다.

카스퍼스키가 의심된다고 한 프로그램을 설치하는 명령어, 그 명령어를 신입 사원이 키보드로 두드리고 있었다.

*　　　　　*　　　　　*

새벽 4시.

용호가 졸고 있던 카스퍼스키를 깨우려 바라보았다. 의자에 앉아 졸고 있는 모습이 왠지 모르게 얄미웠다.

덜컹.

용호가 카스퍼스키의 의자를 확 뒤로 젖혀 버렸다.

"뭐, 뭐야."

갑작스레 요동치는 의자에 놀랐는지 카스퍼스키가 허둥거리며 일어났다. 그런 소란에도 노준우는 꿈쩍도 하지 않았다. 굳이 그를 깨워 이러한 사실을 알려야 할 의무는 없었다.

"야, 빨리 일어나 봐, 찾았어."

비몽사몽간에 카스퍼스키도 무겁게 가라앉은 눈꺼풀을 들어 올리며 모니터를 바라보았다.

잠시간의 정적이 흐르고 카스퍼스키가 이제야 끝났다는 듯 말했다.

"맞네, 이제 끝났지?"

"끝은 무슨."

용호는 경험상 알고 있었다. 프로그램을 만들다보면 다 만들었다고 생각할 때가 진정한 시작이었다.

용호가 떠나고 나서 얼마 뒤, 노준우가 잠에서 깨어났다.

"으, 으음."

졸린 눈을 비비며 입을 쩍 벌린 채 크게 하품했다.

"하암……."

피곤이 가시질 않았다. 웬만해서 야근을 하지 않지만 지금의 상황이 이 상태로 몰고 왔다.

"아, 피곤해."

겨우 눈을 뜨고 주변을 둘러보았다.

"……."

벌써 아침 해가 뜬 상황, 옆에 있어야 할 용호와 일행이 보이지가 않았다. 더욱이 앞에 놓여 있던 CCTV 테이프들도 사라져 있었다.

"뭐, 뭐야."

그저 한동안 멍하니 앉아 있을 수밖에 없었다. 용호 일행이 어디로 갔을지 짐작조차 되지 않았다.

*　　　*　　　*

인구론.

인문계 졸업자의 90%가 논다.

삼포 세대.

연애, 결혼, 출산을 포기한 세대, 여기에 인간관계와 내 집 마련을 포기하면 오포, 그리고 취업까지 포기하는 육포.

육포처럼 찌그러져 버린 삶.

매일같이 주변에서 들리는 암울한 말이었다.

"아들, 조심히 다녀와."

그래서인지 어머니는 출근하는 그를 아침 일찍 깨워 항상 밥을 챙겨주시고, 잘 다녀오라며 격려해 주셨다.

실상 대기업은 아니었지만 미래정보기술은 과거 대기업의 계열사였기에 그래도 이름만 대면 알 만한 회사였다.

그것만으로도 어딘가, 인문계를 졸업한 친구들은 대부분 직장을 구하지 못해 아직까지 토익 학원을 다니는 친구들이 수두룩했다.

"갔다 올게."

아직까지 회사 생활은 괜찮았다. Fixbugs 덕분인지 야근은 줄었고, 줄어든 야근만큼 일이 사라진 탓인지 윗분들의 얼굴도 밝아져 있었다.

마치 강남역 한복판에 와 있는 것 같았다. 헤아릴 수 없는 사람들이 줄을 맞춰 에스컬레이터를 타고 지하철 입구를 빠져나왔다.

TV에서 볼 때는 답답할 것 같았고 실제로도 조금은 답답했지만, 그보다 더한 안도감이 그 안에 자리하고 있었다.

답답한 사람들 사이로 흐르는 묘한 안도감.

'나는 잘 하고 있는 거야.'

병목 구간을 지나 사무실 입구로 접어들었다. 며칠 전 터진 개인 정보 유출 사건 때문인지 군데군데 낯선 사람들이 눈에 띄었다.

그러나 전혀 개의치 않았다. 어차피 나랑은 상관없는 일, 짐을 내려놓고 책상에 앉으려는 그를 팀장님이 불렀다.

"규호 씨, 여기 이분들이 하실 말씀이 있다는데……."

건장한 체격의 남자 둘이 나를 바라보고 있었다.

"박규호 씨? 잠깐 저희랑 같이 가주셔야 할 것 같습니다."

"네?"

"일단 같이 가시죠."

"어, 어디를 말입니까?"

불길한 예감이 엄습했다. 도대체 뭐지, 내가 뭘 잘못했다고 그러는 거지. 아무리 머리를 굴려봐도 잘못한 기억은 없다.

"가보시면 압니다."

후들거리는 다리를 겨우 부여잡고 남자들을 따라나섰다. 주변 사람들 모두 걱정스러운 기색이 역력했다.

그렇다고 뛰쳐나와 나를 도와주는 사람도 없었다.

*　　　　*　　　　*

KO통신 모처 회의실.

용호와 일행이 한 사람을 기다리고 있었다. CCTV에 나왔던 그 남자, 이미 한 번 본 적이 있었기에 빠르게 그를 부를 수 있었다.

고개를 푹 숙인 채 들어오는 그를 용호가 불렀다.

"박규호 씨?"

불안한 표정으로 들어서는 것이 어지간히 놀란 듯 보였다. 대답할 생각도 하지 못한 듯 숙이고 있던 고개를 든 채 멍하니 용호를 쳐다보았다.

"일단 여기에 앉으시죠."

용호가 자리를 권했다. 당장 경찰에 보낼 수도 있지만 물어보고 싶은 게 있었다.

용호가 알기로는 신입 사원, 이런 일을 하기에는 동기도 지식도 부족했다.

"저, 도대체. 무, 무슨 일이신지……"

"얼마 전 서버실에 들어간 적 있죠?"

"이, 있었던 것 같긴 한데……"

용호가 몇 가지 명령어를 보여주었다. 그 속에는 박규호가 실행시킨 명령어들도 포함되어 있었다.

"이거, 본인 스스로 한 겁니까?"

용호가 보여주는 명령어를 확인한 박규호가 세차게 고개를 저었다. 아직 입사한 지 반년도 채 되지 않았다.

몇 가지 게시판을 만들어본 게 다였다.

"얼마 전에 김 과장님이 회사 내부 사정이 있어서 모니터링 작업하러 들어갈 때 실행시켜 달라고… 했습니다."

"경찰에 가서도 똑같이 말하세요."

용호는 안쓰러움을 감추지 못했다. 하지만 할 수 없는 일, 이미 고진성의 신고로 경찰이 오고 있었다.

채 몇 분도 지나지 않아 회의실로 경찰이 들이닥쳤고, 박규호는 자신의 두 손목에 채워지는 수갑을 피하지 못했다.

힘없이 끌려 나가는 모습을 조용히 지켜보았다. 자신이 해줄 수 있는 일은 여기까지였다.

미리 나대방에게 언질하여 정상 참작이 되도록 말해두었다. 정말 아무런 죄가 없다면 금방 풀려날 것이다.

"우린 우리 일을 해야지."

용호가 자리에서 일어났다. 오늘부로 다시 일주일이 지나 한 달이 된 시점이었다.

고진성과 약속했던 기간이 끝난 것이다.

"먼저 잠부터 자자!"

카스퍼스키는 한계에 달했는지 투정을 부렸다. 졸린 건 용호도 마찬가지. 둘은 이쯤에서 퇴근길에 올랐다.

*　　　　　*　　　　　*

총 에러 건수 8,912건

해결 건수 7,801건

그 외 나머지 건들은 시스템적으로 해결할 수 없는 문제들이었다.

갑자기 하드웨어 전원이 꺼진다거나 아예 운영체제 자체가 죽어버리는 문제, 또는 네트워크 IP가 바뀌는 등등 외부 환경 요인들이 대부분이었다.

그러한 외부 환경적인 요인을 제외하고는 용호의 솔루션이 완벽하게 KO통신의 시스템을 관리해 주었다.

시스템 유지 보수에 대한 일종의 자동화가 이루어진 것이다.

그런 경이적인 기록을 보여서일까. KO통신의 회장도 급하게 용호를 찾았다.

"정말 기대 이상입니다."

고진성의 목소리에도 놀라움이 가득했다. 용호가 제공한 Fixbugs는 기대 이상의 성능을 보였다.

이 정도의 성능이라면 빠르게 적용할수록 이득이었다.

"당장 내일이라도 정식 계약을 진행하죠."

현재는 전체 기능 셋이 완벽하게 들어가 있지 않았다. 일종의 트라이얼 버전, 이것만으로도 50억의 가치는 충분했다.

정식 버전은 외부 환경까지도 컨트롤할 수 있도록 준비 중에 있었다. 그 외에도 추가적인 기능 업데이트가 최우선적으로 제공된다.

"감사합니다."

용호가 KO통신 본사 최상층에서 계약에 대한 이야기를 나누고 있을 시간, 회사 내부 게시판에 공지 사항이 하나 올라왔다.

개인 정보 유출 관련 징계 건.
정보 보안팀. 팀장 황×× 해임.
정보 보안팀. 과장 백×× 해임.
정보 보안팀. 과장 장×× 해임.
......

해고된 인원만 10명이 넘어갔다. 거기에 감봉, 그리고 가벼운

징계까지 헤아리면 문책성 인사만 수십 명을 넘어갔다.

그리고 또 하나의 충격적인 소식이 전산망을 타고 협력사들에게 공지되었다.

이미 계약이 끝난 건을 제외한 계약을 앞두고 있는 모든 유지 보수 건에 대해 50% 예산 삭감.

이는 곧 투입 인원도 절반으로 줄이겠다는 말이었다.

사유는 사내 보안 문제였다.

그리고 줄어든 인력을 대신할 솔루션이 바로 Fixbugs였다.

이러한 사실은 미래정보기술에도 전파되었다.

"팀장님, 공고 보셨어요?"

"그래, 확인했다."

그렇지 않아도 분위기가 뒤숭숭했다. 신입 사원 한 명은 경찰서에 연행된 상태였다. 거기에 더해 본사 김원호 과장도 이번 일과 연루되어 있다는 소문이 돌고 있었다.

정확한 사항은 아직 확인되지 않고 있었지만 거의 확실하다는 것이 중론이었다.

앞으로 KO통신 일을 함에 있어서 상당한 불이익이 있을 것으로 다들 예상하고 있었다. 그리고 그 불이익이 현실화된 것이다.

"예산을 50% 줄이면 인원도 50% 줄어야 하는 것 아닌가요?"

남자는 걱정이 가득했다. 곧 하반기 유지 보수 계약이 코앞이다. 만약 정말 공고대로 일이 진행된다면 여기의 50%는 다른 곳으로 가야 한다. 다른 곳에도 일자리가 없다면, 본사에서 눈칫밥을 먹어야 한다.

한두 달 눈칫밥은 상관없다. 그 이상 길어진다면, 고과에 악영향을 미치고 이는 곧 해고 대상이 됨을 의미한다.

"그렇게 돼야지……."

하지만 강성규로서도 딱히 방법이 없었다. 위에서 결정된 일이 통보되듯 아래로 내려온 것이다.

항의한다고 바뀔 것이 없었다.

공고를 확인한 사람들은 하나같이 같은 반응을 보였다.

사람은 필요 없다.

Fixbugs의 도입을 강력 주장한 고진성이 그린 그림이었다. 개인 정보 유출 사건은 고진성이 잘려 나갈 수도 있었지만 오히려 고진성이 KO통신의 비용을 절감할 수 있는 절호의 기회이기도 했다.

비용 절감을 통한 수익 창출.

단기적으로 가장 빠르게 회사 재무에 청신호를 켤 수 있는 방법이었다.

"인력 운용을 최대한 타이트하게 가져갈 겁니다."

고진성은 예하 이사진에게 몇 번이고 강조했다. 이미 인사팀에서 만들어둔 인력 구조조정 계획에 따라 일이 진행되었다.

구조조정은 내부에서만 일어나는 것이 아니었다.

협력사에 대한 구조조정 역시 공고 후 빠르게 진행되었다.

당장 계약을 눈앞에 두고 있던 대부분의 협력사들의 예산이 반으로 깎였다.

이래도 과연 시스템이 운용될 수 있을까?

걱정스러울 정도였다.

하지만 한 달간의 Fixbugs 운용 테스트는 이를 가능하다 말하고 있었다.

"너희 시스템에도 Fixbugs가 도입될 거라며?"

남자의 말을 들은 다른 직원이 입에 물고 있던 담배 연기를 뿜어내며 중얼거렸다.

"다음 달에 적용된다더라, 이제 또 어디서 일자리를 구해야 되냐."

"하아… 참 나, 이거 이제 정말 치킨 집이나 해야 되나."

Fixbugs가 도입된다는 건 곧 해당 시스템의 인력을 감축해야 한다는 것과 동일한 의미를 가지고 있었다.

가장 먼저 잘려 나가는 건 비정규직인 프리랜서, 그다음이 협력사, 그리고 본사 인원들이었다.

"인도나 중국 자바 개발자들도 이제 한국에 들어온다는데."

저가 인력에 치이고, 솔루션에 치여 점차 애매한 실력을 가진 개발자들은 설 자리를 잃고 있었다.

*　　　　*　　　　*

Fixbugs 역삼 사무실.

한마디로 축제 분위기였다.

"형님, 계약서 도착했습니다."

KO통신의 차세대 시스템을 수주한 것도 모자라 Fixbugs가 KO통신의 전 시스템에 도입되는 계약이 체결되었다.

발생한 매출만 천억이 넘어갔다.

현기 자동차에서 발생한 매출까지 합치면 근 이 천억에 육박하는 매출, 고작 여섯 명이서 이루어낸 결과였다.

"채용 공고는 올렸지?"

"이름이 슬슬 알려졌는지 이력서가 물밀 듯이 밀려온 상태입니다. 이거 검토하는 데만 해도……."

나대방이 생각도 하기 싫다는 듯 고개를 절레절레 저었다.

"서류는 다 통과시켜. 어차피 탑 코드 사이트에서 일정 점수 이상 얻지 못하면 다 탈락시킬 테니까."

Fixbugs로 인해 일자리를 잃은 사람이 생겨난 반면 일자리가 생겨나기도 했다.

KO통신에서 일자리를 잃은 사람들 다수가 Fixbugs의 채용 공고를 확인하고는 지원 버튼을 클릭했다.

누구보다 솔루션의 성능에 대해 정확하게 알고 있었고, 앞으로 성장 가능성이 무궁무진하다는 것을 알고 있었기 때문에.

Chapter 9

귀머거리 프로그래머

아침부터 남자는 분주히 움직였다. 겨우 잡힌 면접이었다. 서류를 통과하고 특이하게 탑 코드라는 사이트에서 실력을 테스트한 후 결과를 제출하라고 했다.

다행히 합격.

이제 곧 마흔 줄에 접어드는 나이라 모험을 하고 싶지는 않았지만 근래 대한민국에 불고 있는 스타트 업 붐이 처음 일을 시작할 때의 열정을 일깨웠다.

어차피 다니고 있던 회사도 그리 안정적인 상태는 아니었다. 그저 다른 회사로부터 외주를 받아서 일을 하는, 널리고 널린 SI 업체 중 한 곳일 뿐이었다.

"여보, 다녀올게. 이놈의 자식들은 아빠가 나가는데 나와보지도 않고."

남자가 구시렁거리며 집을 나섰다.

결혼 10년 차.

아내는 걱정 가득한 얼굴로 남편을 배웅했다. 그저 일이 잘 풀리기만을 바랄 뿐이었다.

삐비비빅.

삐비비빅.

급하게 경고음을 울렸으나 여자는 듣지 못했는지 아무런 반응을 보이지 않았다.

오토바이를 몰고 있던 남자의 입에서 욕설이 터져 나왔다.

"비켜! 비키라고!"

그럼에도 여자는 듣지 못했다. 그저 자신이 가야 할 길을 조용히 걷고 있을 뿐이었다. 한껏 꾸민 모양새가 오늘이 특별한 날임을 알려주고 있었다.

"비키라니까!"

결국 뒤에서 달려오던 중국집 오토바이 한 대가 위험천만하게 여자를 스치고 지나갔다.

아!

다행히 오토바이도 여자도 크게 다치지 않았다. 단지 여자가 메고 있던 가방이 땅에 떨어져 내용물들이 바깥으로 흘러나왔을 뿐이다.

그중 특히 한 장의 카드가 눈에 들어왔다. 카드의 이름은 복지 카드, 그곳에 청각 장애라는 설명이 덧붙여 있었다.

그러거나 말거나 오토바이는 더욱 속력을 내며 여자로부터 멀어졌다.

여자가 할 수 없다는 듯 자리에 앉아 다시 물건들을 가방 안으로 집어넣었다.

일진이 좋지 않았다.

남자는 다행이라 생각했다. 출근 시간이 한참 지나 점심시간 바로 전 면접이 잡혔다.

지하철은 생각보다 빡빡하지 않았다. 빈자리에 앉아 그날의 이슈 사항들을 확인해 보았다.

"머신러닝, 알파고… 탑 코드 점수까지 요청할 정도면 알고리즘을 물어보려나."

뉴스는 딥 러닝과 알파고에 관한 기사로 가득했다. 기사를 확인하며 차분히 그날의 이슈 사항을 정리했다. 이미 면접이라면 도가 튼 상황이었지만 걱정스러움을 감추기 힘들었다. 기존 기업들과는 다른 방식으로 면접이 진행될 것 같았다.

"흠……."

자리가 좁아 다리를 좀 더 옆으로 벌렸다. 옆자리 사람과 무릎이 닿은 듯했지만 지금 중요한 사실은 그런 것이 아니었다.

"오랜만의 면접이라 그런지 긴장되네."

남자가 긴장을 풀기 위해 조금씩 몸을 움직였다.

불편한 표정을 짓고 있던 여자가 대뜸 자리에서 일어났다. 마침 문으로 들어오던 할머니 한 분을 발견한 것이다.

"여기 앉으세요."

여자가 자리를 비키자 할머니가 고맙다는 인사를 전하며 자리에 앉았다.

바로 옆에 할머니가 앉았음에도 남자는 스트레칭을 멈추지도, 쫙 벌리고 있는 다리를 오므리지도 않았다.

"저기요. 아저씨. 다리 좀 모아주시면 안 될까요? 옆에 사람이 불편해하는 것 같은데."

여자가 조심스럽게 이야기를 꺼냈다. 여자의 말을 들은 남자의 얼굴이 대번에 찌푸려졌다.

"아, 죄송합니다."

영혼 없는 말투였다. 전혀 죄송하다는 감정이 담기지 않은 답변이었으나 여자는 알 수 없었다.

여자는 그저 남자의 입술을 읽었을 뿐이다.

독순법.

입술 모양을 통해 말을 파악하는 방법.

말하는 사람의 어투나, 말투는 전혀 전달되지 않은 채 그저 단어 뜻만을 알아차렸을 뿐이다.

죄송하다는 남자의 말에 여자는 바로 감사를 전했다.

"감사합니다."

따뜻함이 베어져 나오는 말투였다. 죄송하다고 말한 남자가 오히려 머쓱했는지 뒷머리를 긁적였다.

―이번 역은 역삼역입니다. 내리실 문은 오른쪽입니다.

마침 지하철 안내방송이 흘러나왔다.

다행이었다. 생전 처음 보는 여자에게 앉아 있는 자세를 지적당한 후 당황하던 참이었다.

남자는 빠르게 자리에서 일어나 문 밖으로 걸어 나갔다.

드르륵.

마침 품속에 넣어둔 핸드폰이 진동음을 토해냈다. 그렇지 않아도 왜 전화가 안 오나 했다.

지금은 업무 시간, 오전 반차를 쓴 상태였다.

"어, 무슨 일이야."

"오늘 배치 작업이 빡난 것 같아서요. 이걸 어떻게 처리해야 할지……."

"어떻게 하기는 에러 로그 보고 수정하면 되잖아."

"그게 에러에도 별 특이 사항이 없어서……."

"그럼 그냥 재시작해."

남자는 마음이 바쁜지 대충 대답했다. 그런 남자의 성난 기세에 전화를 건 직원은 한층 주눅 든 기색이 역력했다.

"아, 알겠습니다."

"휴간데 이런 일로 전화해야 돼? 좀 알아서 할 수 없냐?"

"……."

"하여간 조금 있다가 들어가서 보자."

이내 남자는 직원의 대답을 듣지도 않은 채 전화를 끊어버렸다. 그러고는 혼잣말로 중얼거렸다.

"회사에서도 그렇고 자꾸 쓸데없는 것까지 물어보고 난리 네."

아직 면접 시간까지는 충분히 여유가 있었다. 남자는 커피 한 잔을 먹을 참인지 지하철에 위치한 커피숍으로 발걸음을 옮 겼다.

아차!

하는 순간 내려야 될 역을 놓쳤다. 잠시 앞에 앉아 있던 사 람에게 정신을 쏟는 찰나 역삼역을 지나쳐 버렸다.

안내 전광판에서 눈을 떼지 않아야 했건만 잠깐 눈을 떼는 사이 지하철은 역삼역을 지나 선릉역으로 가고 있었다.

"오늘따라 왜 이러지."

왠지 불길한 징조 같아 여자는 초조한 마음을 금치 못했다. 처음으로 서류가 통과되었다.

장애라는 핸디캡은 넘을 수 없는 허들처럼 작용했다. 정말 청각 장애 때문인지 궁금하여 한 번은 서류에 장애 표시를 하 지 않은 적이 있었다.

서류 통과.

어차피 면접에서 떨어질 것을 알았기에 면접은 굳이 참석하 지 않았다.

이번에는 장애 표시를 해도 서류를 통과했다. 그만큼 어렵게 잡은 기회였다. 다행히 넉넉하게 여유를 두고 왔기에 늦지는 않을 듯했다.

　—이번 역은 역삼역입니다. 내리실 문은 왼쪽입니다.

　다시 선릉에서 역삼으로, 안내 방송이 흘러나왔지만 여자는 여전히 듣지 못했다.

　그저 전광판에 뜬 문구와 선릉 바로 다음 역이 역삼역이라는 사실을 통해 지하철에서 내릴 뿐이었다.

　컵에서 차가운 커피가 살짝 흘러나와 손을 적셨다.

　"아, 나."

　짜증이 확 밀려왔다. 누군가 보니 방금 전 자신에게 지적질을 한 여자였다.

　"하아……."

　남자가 길게 한숨을 내쉬었다. 사방을 두리번거리던 여자는 그저 죄송하다며 고개를 숙일 뿐이었다.

　이번에는 반대.

　자신이 사과를 받는 입장이 된 것이다.

　"앞 좀 똑바로 보고 다니세요."

　"네. 네."

　여자는 남자가 보기에도 과도하게 고개를 숙이며 미안함을 표했다. 면접 볼 회사 주변이다. 굳이 시선을 끌 필요는 없었기에 남자는 걸음을 재촉했다.

　바닥에 널브러져 있는 물건들, 이번에는 아예 어깨에 메고 있던 가방끈이 떨어져 버렸다. 이는 온전히 여자의 몫으로 남왔다.

사람이 많은 곳으로 나오면 항상 이게 문제였다. 청각이 없으니 오로지 시각에 의존하여 걸어가야 했다.

큰 문제는 없었으나 불안했다. 불안함은 여자로 하여금 지속적으로 사방을 두리번거리게 만들었다.

아차!

그 순간 문제가 발생하는 것이다. 가만히 앉아 물건들을 수습하려니 서러움이 밀려왔다. 내가 뭘 그렇게 잘못했단 말인가.

하지만 포기하면 안 된다. 여자는 꿋꿋이 바닥에 흩어져 있는 물건들을 하나씩 가방에 집어넣었다.

그때 등 뒤에서 앞으로 길게 그늘이 생겼다.

"괜찮아요?"

그러나 여자는 듣지 못했다.

*   *   *

여자와 부딪힌 광경은 남자의 바람과 상관없이 몇 명의 사람들의 시선에 잡혔다. 용호도 그중 한 사람이었다. 용호는 커피를 나대방에게 건네고 여자를 도왔다.

양손에 커피를 집어 든 나대방이 답답하다는 듯 용호를 바라보았다.

"아 참, 형님도 오지랖은."

용호는 잠깐 나대방과 바람도 쐴 겸 커피 한잔하러 밖으로 나왔다가 눈앞에서 가방이 떨어져 내리는 걸 목격했다. 그러고는 바로 여자와 함께 바닥에 쪼그려 앉아 떨어진 물건들을 줍기 시작했다.

"여기……."

용호가 바닥에서 주운 파우더 팩트를 여자에게 건넸다.

"아, 고맙습니다."

여자는 용호가 전해준 물건을 받아 가방에 넣으며 고개를 숙였다. '괜찮냐'는 말에 대답하지 않을 때는 뭐 이런 여자가 있나 싶었다.

"괜찮아요?"

"괜찮습니다. 정말 감사합니다."

용호는 좋게 생각하기로 했다. 정신이 없어 못 들은 것이리라. 여자도 그새 물건들을 다 주웠는지 자리에서 일어났다.

긴 검은색 생머리가 찰랑거렸다.

"그럼 감사했습니다."

여자가 빠르게 인사를 하고는 자리를 떠났다. 그 뒷모습을 보고 있던 용호에게 나대방이 다가왔다.

"형님, 뭐 합니까. 정신 나간 사람처럼."

"으, 응?"

"뭐 하냐고요. 지금 면접자들 도착했답니다. 어서 들어가시죠."

"그, 그래."

용호가 얼떨떨해하며 답했다. 뭔가 말로 설명할 수 없는 묘한 분위기를 가진 여자였다. 애써 정신을 차리고 발걸음을 옮겼다. 다른 누군가의 인생에 개입하게 되는 면접을 보러 가야 했다.

분석. 설계. 구현.

SI 사업은 크게 세 가지 단계로 나뉜다고 할 수 있다. AS—IS 시스템을 분석하여 TO—BE 시스템을 설계하고 최종적으로 구현까지 하면 하나의 시스템이 완성되는 것이다.

이때 가장 많은 인원이 투입되는 것이 구현 부분이다. 절대적으로 인원이 필요했다.

현재 인원으로는 시스템을 구축한다는 건 절대 불가능한 일이었다. 더 많은 인원이 필요했다.

누구보다 안병훈이 그 사실을 잘 알 고 있었다.

"이렇게 해서 프로젝트를 진행할 수 있을까?"

안병훈의 생각으로는 용호가 뽑으려는 인원의 몇 배는 있어야 했다. 면접을 보는 동안에도 그 생각은 크게 다르지 않았다. 그러나 용호는 다른 생각을 하고 있는 듯했다.

"아직 구현 단계는 아니니까요. 이제 분석하러 들어가는데 그 정도 인원이 필요하지는 않잖아요. 그리고 DB 설계나 PMO 쪽은 따로 외주를 주면 될 테고."

"그야 그렇지만… 면접 보는 기준이 너무 까다로운 거 아닙니까?"

"하하, 그랬나요?"

"이거 원, 나처럼 인맥 아니면 들어올 생각도 못 하겠어."

용호는 까다롭게 면접을 진행했다. 탑 코드 점수가 높다고 해서 무조건 채용하지도, 낮다고 해서 탈락시키지도 않았다.

대화를 해보고, 어떤 방식으로 다른 사람들과 이야기를 나누는지도 중점적으로 확인했다.

어차피 그들이 카스퍼스키는 아니었다. 세계에서 1등 하는 프로그래머가 아닌 이상에야 다른 사람들과의 커뮤니케이션도 중요한 덕목 중 하나였다.

그밖에도 여러 가지 것들이 있었다.

"자, 다음 사람 들어오세요."

면접장으로 5명의 사람이 들어섰다. 양복을 잘 차려입은 두 명의 남성과 편안한 캐주얼 차림의 남자, 그 사이에 여자 두 명이 끼어 있었다.

'응?'

용호가 놀란 눈으로 자리에 착석하는 남자와 여자 한 명을 바라보았다. 바로 얼마 전 용호가 봤던 남녀다. 놀란 마음을 추스르며 노트북에 저장되어 있는 이력서를 띄워 보았다. 여자도 용호를 보고 놀란 듯 눈이 커졌지만, 이내 마음을 다잡은 듯 보였다.

이름 : 서보미

장애 여부 : Y (청각 장애)

'응?'

용호의 눈이 다시 한번 커졌다.

"처, 청각 장애?"

놀란 용호가 자신도 모르게 자그맣게 중얼거렸다. 하지만 상황이 좋지 않았다.

모두가 조용히 하고 있는 면접장이었다. 자그마한 소리였지만 면접에 참가한 모두가 들을 수 있었다.

하지만 정작 본인은 용호의 말을 듣지 못했다. 그저 주변의 시선이 자신에게 쏠린 것을 확인하고 지금 어떤 상황이 벌어지는지 눈치챈 듯했다.

어차피 지금과 같은 상황에서는 다들 같은 반응이었다.

"흠, 흠."

용호가 헛기침을 하며 주위를 환기시켰다. 지원자들도 현재 이곳이 어디인지 다시금 인지한 듯했다.

"그럼 자기소개부터 부탁드립니다."

따로 경영 지원을 담당하는 팀이 없었기에 전 직원이 모두 면접에 들어와 있었다.

루시아에서부터 카스퍼스키까지 제각각의 자세와 모양을 한 채 면접관으로 자리에 앉아 있었다.

곧이어 면접이 시작되었고, 30분 정도의 시간이 흐르자 몇몇은 기쁜 얼굴로, 또 몇몇은 불합격을 예감한 듯 어두운 기색을 내비치며 면접장을 떠나갔다.

*　　　　　*　　　　　*

한차례 폭풍우가 지나간 듯 보였다. 여섯 명의 인원이 사무실 이곳저곳에 널브러져 정신을 차리지 못하고 있었다.

"형님, 차라리 코딩을 시켜주십시오."

나대방이 지친 목소리로 요청했다. 카스퍼스키나 제임스도 마찬가지인 듯 애절한 눈빛으로 용호를 바라보았다.

"사람 보는 법도 알아야지. 개발자라고 개발만 하다가는 나중에 뒤통수 맞는다."

용호는 단호했다. 카스퍼스키야 워낙 천재적이니 그럴 필요가 없을지 몰랐다. 그러나 제임스나 나대방은 아니었다.

똑똑한 건 사실이지만 그렇다고 세계에서 1, 2위를 다투는 실력은 아니었다. 코딩만 할 줄 안다고 해서 살 수 있는 게 아니라는 말이었다.

가장 덜 피곤해 보이는 건 안병훈이었다. 이미 면접을 보아 왔던 경험치부터가 달랐다.

그런 안병훈이 이력서 두 장을 들고 용호에게 다가왔다.

"이것 한번 봐봐. 내가 보기에는 반대로 돼야 할 것 같은데……."

"제 생각에는 그게 맞는 것 같아서요."

"여기 보면 배기태 씨는 KO통신 쪽 경험이 많아서 앞으로 도움이 많이 될 것 같은데… 서보미 씨는 아무래도 힘들지 않을까?"

"어차피 둘 다 KO통신 쪽 일보다는 솔루션 개발 쪽으로 지원한 거잖아요."

안병훈은 조심스럽게 말을 꺼냈다. 괜히 자신이 나서는 게 아닌가 싶었다.

하지만 용호도 자신이 해야 할 말을 하지 않는 걸 원하지 않는다는 걸 알고 있었다.

"그야 그렇지만… 일단 입사한 후에 잘 이야기해 보면 되지 않을까 하는데."

안병훈의 주장은 간단했다. 경력자인 배기태를 뽑고, 신입이자 일상생활에 불편이 있는 서보미를 탈락시키자는 것이다.

그러나 용호는 자꾸 반대의 선택을 하려 했다.

"귀가 있어도 듣지 못하는 사람보다는 없어도 잘 들을 수 있는 사람이 낫잖아요."

"……"

"부장님도 보셨잖아요. 두 사람의 면접 태도가 어떻게 달랐는지 그리고 탑 코드 점수가 어떻게 차이 나는지."

용호의 말에 안병훈은 불과 몇 시간 전 벌어졌던 일을 떠올렸다. 그리 유쾌하지만은 않았다.

하지만 능력이 있다면 뽑아야 했다. 당장 일을 할 수 있는 사람이 필요했고, 배기태는 이에 제격인 사람이었다.

용호가 안병훈의 걱정스러운 기색을 읽었는지 절충안을 내놓았다.

"그럼 이렇게 하죠. 일단 둘 다 뽑도록 해요. 어차피 3개월간 수습 과정이 있으니 그때 최종 결정을 해도 늦지 않겠죠."

그제야 안병훈도 한시름 놓은 듯했다. 앞으로 있을 KO통신 시스템 구축에서 가장 많은 역할을 담당해야 할 사람은 자신이다. 자신의 입맛에 맞는 사람이 필요했다.

"자, 그럼 오늘 면접은 정리된 거죠?"

짝짝!

한차례 박수를 친 용호가 주위를 환기시키며 말했다.

"고생했으니까 밥이나 먹으러 가자. 오늘은 소고기다, 소고기!"

소고기라는 말에 좀비처럼 어슬렁거리던 몇몇이 정신을 차리고는 잽싸게 짐을 챙겼다.

이내 역삼역 근처 고깃집에서 왁자지껄 한바탕 소고기 파티가 벌어졌다.

*   *   *

같은 시각 서보미는 면접을 마치고 나오자마자 불이 난 전화기를 진정시켜야 했다.

어차피 통화는 하지 못한다는 사실을 알고 있는지 친구들이 수십 개의 문자를 보낸 상태였다.

봄이 : 알았다. 간다, 가. ^^!

얌이 : 오케이. 당장 뛰어오도록!

　문자를 보내며 걸어가는 서보미를 뒤에서 누군가 급하게 불렀다.

　"저, 저기요."

　몇 번이고 서보미를 불렀지만 어차피 듣지 못했다. 남자는 하는 수 없이 서보미의 가녀린 어깨를 살짝 건드렸다.

　"저… 기 제가 정말 이런 사람이 아닌데요……"

　남자의 말에 서보미는 가방으로 손을 집어넣었다. 이럴 때 사용하는 가장 확실한 방법이 있었다.

　"……"

　서보미가 가방에서 꺼낸 건 복지 카드였다. 카드를 확인한 남자의 동공이 지진이라도 일어난 것처럼 흔들렸다.

　꾸벅.

　서보미가 먼저 고개를 숙인 채 걸음을 재촉했다. 어차피 한두 번 있는 일도 아니었다.

　이보다 더한 경험도 해보았다. 남자는… 지겹다. 차라리 컴퓨터가 더 편했다.

　폭풍 수다.

　이 친구가 아니었다면 상상도 하지 못했을 것이다. 다른 사람들이 보기에는 평상시 대화보다도 느리게 보일지 모르지만 서보미에게는 너무나 빠르게 진행되는 대화였다.

그래서일까, 피곤하고 정신이 없었다. 더욱이 면접을 마치고 온 날이다.

맥주 한잔을 하고 나서인지 더욱 친구의 입술에 집중하기가 힘들었다.

그런 기색을 읽었는지 친구가 먼저 자리에서 일어났다.

"오늘은 이만 갈까?"

"응. 그러자 오늘은 조금 피곤하네."

계산을 하고 밖으로 나오자 몸이 힘든 와중에도 서보미가 급하게 누군가를 쫓아갔다.

"하여간 저 오지랖은."

친구도 혀를 차며 서보미를 쫓아갔다.

서보미가 뛰어간 곳은 연세가 지긋해 보이는 할아버지가 끌고 가는 리어카였다. 그 뒤에서 서보미가 리어카를 함께 밀었다.

"할아버지, 제가 밀어드릴게요."

리어카 안에는 각종 폐휴지들과 공병들이 수북이 쌓여 있었다. 젊은 서보미가 밀기에도 벅찰 정도의 무게, 리어카를 끄는 할아버지의 발걸음도 무겁기만 했다.

"젊은이, 고마워요."

할아버지의 등을 보며 밀고 있었기에 서보미는 대답하지 못했다. 그때 옆에서 마치 남자라고 해도 믿을 수 있을 정도의 우렁찬 소리가 들려왔다.

"아니에요. 할아버지!"

친구인 얌이가 대신 한 대답이었다.

그 광경을 지켜보고 있는 가족이 있었다. 마침 집 근처에서 외식을 하고 들어가는 중에 폐지가 한가득 담겨 있는 리어카를 발견했다.

아버지로 보이는 사람이 아들에게 말했다.

"너 공부 안 하면 나중에 저렇게 된다."

"아버지 제가 공부를 하는 건 저렇게 되지 않기 위해서가 아니라 저런 분들도 잘살 수 있게 하기 위해서입니다."

아들의 말에 아버지는 잠시 할 말을 잇지 못했다. 그러고는 이내 궁색한 변명을 쏟아냈다.

"…아침에 나갈 때 아빠한테 인사도 안 하는 놈이."

"인사를 드렸으나 급하게 나가시느라 저를 못 보셨습니다. 한 번만 고개를 돌렸어도 제가 그 자리에 서 있다는 걸 아셨을 겁니다."

중학생은 되어 보이는 아들은 말투부터가 남달랐다. 아버지의 말에 한마디도 지지 않았다.

"야! 아빠 말 들었으면 바로 나와야지. 자꾸 변명이나 하고 말이야."

"아버지, 옛 말에 귀가 두 개인 이유는 잘 듣기 위함이요. 입이 하나인 이유는 말을 조심스럽게 하라는 뜻입니다. 그런데 아버지는 제 말은 듣지 않고 아버지가 하고 싶은 말씀만 하십니까."

아들의 말에 남자는 한껏 당황한 듯 그저 얼굴만 시뻘겋게 달아올랐다.

이미 한두 번 있는 일이 아닌 듯 옆에 있던 아내가 남자를 만류했다.

"여보, 그만해요."

띠링.

순간 문자가 하나 도착했다.

수신자 : Fixbugs.

내용 합격을 축하드립니다. 자세한 사항은 메일 확인 부탁드립니다.

"너 이놈 자식 아버지가 기분 좋아서 봐준다."

"……"

그렇게 가족 간에 투닥거림이 있을 때 옆에서 갑자기 괴성이 들려왔다.

문자를 확인한 서보미가 기쁜 듯 소리 질렀다.

"이야호!"

바로 옆에 있던 친구도 문자를 확인한 서보미를 얼싸안았다.

"축하해, 축하한다. 정말!"

옆에 있던 서보미 친구의 눈가에 눈물이 글썽였다. 그간의 마음고생이 얼마나 심했는지 누구보다 잘 알고 있었다. 그랬기에 더욱 기뻤다.

그날 이후로 혹시나 친구가 실의에 빠져 비관적인 삶을 이어갈까 하루 이틀 걱정한 것이 아니었다.

다행히 특유의 긍정적인 성격으로 암담한 상황을 이겨냈지만 해결된 건 아무것도 없었다.

싸늘한 사회의 시선과 친했던 친구들의 떠나감을 옆에서 하나하나 지켜보았다.

"고마워, 고마워."

그런 친구이기에 서보미도 진심을 담아 기쁨을 나누었다. 갑자기 얼싸안고 눈물을 흘리려는 둘을 본 할아버지가 물었다.

"무슨 좋은 일 있나 봐?"

"이 친구가 오늘 취업했어요!"

"그래? 그러면 나도 가만히 있을 수 없지."

할아버지가 주머니에서 주섬주섬 요구르트 하나를 꺼내 들었다. 그러고는 장갑 낀 손으로 쓱쓱 닦아 서보미에게 건넸다.

"어? 저는 안 주세요!"

"그래, 자네도 줘야지. 암."

서보미는 달콤 쌉싸름한 요구르트와 함께 겨우 눈에서 흘러내리려는 눈물을 안으로 삼켰다.

아직 울기에는 이르다. 겨우 한 발 내디뎠을 뿐이다.

＊　　　＊　　　＊

몇 시간 전 면접 시간.

서보미의 이력서를 살피던 용호는 눈에 띄는 몇 가지를 발견하고는 그에 대해 중점적으로 물었다.

"서보미 씨. 이력서를 보니 다수의 오픈 소스 프로그램을 인터넷에 올렸던데 이유가 있나요?"

"사회에서 일한 경력이 없었기 때문에 오픈 소스 프로젝트에 참여하여 저를 알리고 싶었습니다. 또한 세계 여러 나라의 프로그래머들과 교류를 할 수 있다는 것도 큰 매력으로 다가왔습니다."

"마웃에도 컨트리뷰터로 참여했다고 쓰여 있는데… 코드를 본 감상이 어땠나요?"

"코드가 깔끔하게 정리되어 있었던 것이 가장 인상적이었습니다. 자바의 코딩 규칙을 그토록 완벽하게 지킨 코드는 처음 봤습니다."

서보미의 말에 용호는 웃을 수밖에 없었다.

"하하하, 그렇죠? 혹시 커미터가 누군지는 알고 있나요?"

"인터넷으로만 이야기를 나눠서 거기까지는 잘… 한번 만나보고 싶기는 합니다."

"빵을 좋아하셔야 될 겁니다."

용호는 면접하는 내내 웃음을 멈추지 않았다. 마웃의 커미터가 손석호, 그 밑에서 코드를 깔끔하게 정리한 게 용호였다.

자신의 이야기를 남에게 듣고 있으니, 민망함 때문이라도 웃음이 흘러나왔다.

"배기태 씨, KO통신에서 다수 프로젝트를 진행하신 걸로 되어 있는데 주로 어떤 일을 하셨나요?"

"고객 쪽에서 포인트 관리 담당도 했었고……."

다른 분야에 대한 말을 하려는데 용호가 먼저 물었다.

"고객 포인트 쪽이요? 경력 사항을 보니 지혜정보기술에서 일하셨던데, 맞나요?"

"아 네, 맞습니다. 몇 년 전에 있었습니다. 그 당시에 고객 포인트에서 유지 보수 업무를 담당했었습니다."

용호가 안병훈 쪽을 바라보았다. 용호는 아직도 생생하게 기억하건만 안병훈은 상세하게 기억하지는 못하는 듯했다.

하긴 그러기에는 시간도, 기억해야 할 일들도 너무 많았다.

"저도 예전에 KO통신사를 쓰는데 포인트가 영 이상했던 적이 있는데……."

용호가 슬며시 운을 뗐다.

"아, 당시 구 시스템에 문제가 있어 포인트가 맞지 않았던 적이 있었는데 제가 투입돼서 해결했던 적이 한 번 있습니다. 그때 문제가 뭐였냐면……."

굳이 뒷이야기는 듣지 않아도 된다. 이미 용호가 기억하고 있는 일과 동일했다. 자신이 해결했던 고객 포인트 지급률 계산 오류와 완벽하게 동일했다.

"알겠습니다."

용호는 이내 이력서에 × 표시를 했다. 뽑지 않겠다는 뜻이었다.

*　　　　*　　　　*

텅 비어 있던 사무실이 사람들로 채워지기 시작했다. 서류에서부터 면접을 거쳐 합격 통보를 받은 사람들이 입사한 것이다.

입사한 사람들의 얼굴에 들뜬 기색이 역력했다. 비록 3개월의 수습 기간이 있지만 모든 대우는 정직원과 동일했다.

월급은 백 퍼센트 지급되고 한 달에 한 번 유급 휴가가 제공되었다.

특히나 사람들을 두근거리게 만드는 건 따로 있었다. 세계에 명성을 날리고 있는 Fixbugs라는 이름값, 그리고 직원이 원하면 미국 실리콘밸리 지사로 보내줄 수 있다는 약속이 사람들을 떨리게 만들었다.

서보미 역시 두근거림을 감추지 못하고 앞에서 이야기를 하고 있는 용호를 주시했다.

"여러분들은 앞으로 3개월간의 수습 기간 동안 각 팀별로 프로젝트를 진행할 것입니다. 여기 이분들이 팀장으로 여러분들의 팀 프로젝트를 도울 것이며, 프로젝트의 결과에 따라 정직원으로의 채용이 결정됩니다."

이미 입사 전부터 알고 있던 내용이었다.

3개월간의 수습 기간도, 팀 프로젝트가 진행된다는 것도 모두 알고 있었다.

"그럼 각 팀장님들 소개부터 해드리겠습니다. 먼저 손석호 부장님."

"아, 반가워요. 손석호입니다."

서보미는 자신이 잘못 보았다 생각했다. 너무 많은 사람들 사이에 끼어 있어 앞에 서 있는 남자의 입술을 제대로 읽지 못했다고 생각한 것이다.

'설마······.'

"앞으로 잘 지내봅시다."

말을 마친 손석호가 단상에서 내려갔다. 사람이 필요한 시점, 손석호도 충분히 휴식을 취했기에 용호의 회사에 합류한 것이다.

'정말 손석호 선생님인가······.'

인터넷상에서 댓글로만 대화를 나누었기에 얼굴도 알지 못했다.

그저 그가 만든 코드에 컨트리뷰터로 활동하면서 마음속의 우상으로 여기며 존경해 왔다.

정말 그러면··· 오늘 밤 잠도 제대로 이루지 못할 듯했다.

용호가 짧게 인사를 마치고 다음 일정이 진행되었다. 각 팀별로 인원이 나뉘었다.

유독 카스퍼스키는 싫은 티를 팍팍 냈지만 용호의 강권에 할 수 없이 팀장을 맡았다.

컴퓨터 세상이 이 세계의 전부는 아니다. 용호는 카스퍼스키가 좀 더 넓은 세상을 알기 원했다.

카스퍼스키와 달리 너무나 간절히 원했지만 겨우 기회를 얻은 서보미도 팀에 배정되었다.

"손석호입니다. 반가워요."

손석호가 다시금 인사했다. 각 팀별로 배정된 인원은 다섯 명, 총 30명의 인원이 용호를 비롯한 6개의 팀에 나뉘어졌다.

루시아는 아직 팀을 이끌기에는 부족했기에 용호 팀의 부팀장 역할을 담당했다.

손석호의 입술을 빤히 쳐다보던 서보미가 믿기지 않는다는 듯 물었다.

"호, 혹시 오픈 소스 머아웃 커미터 맞으세요?"

"아, 보미 씨가 용호가 말한 그분이군요."

이미 용호로부터 언질을 받았던 손석호도 아는 척을 해왔다. 그러고는 인자하게 웃으며 서보미를 바라보았다.

"맞아요, 앞으로 잘해보죠."

"서, 선생님! 저야말로 잘 부탁드립니다!"

서보미가 자신도 모르게 자리에서 일어나 고개를 꾸벅 숙였다. 약간은 어수룩해 보일 수도 있는 그 모습에 자리에 앉아 있는 모두가 조금씩 미소 지었다.

그제야 낯선 곳에 대한 긴장으로 한껏 경직되어 있던 분위기가 풀리는 듯했다.

언제든지 의도치 않게 불행이 찾아올 수 있음을 서보미는 누구보다 잘 알고 있다.

그랬기에 열심히 하려 노력했다. 불행이 찾아와도 웃으며 넘길 수 있는 능력을 키워놓아야 했다.

그런 마음이 입사 첫날부터 자발적으로 야근을 하게 만들었다.

"보미 씨, 퇴근 안 해요?"

가장 먼저 손석호가 자리에서 일어나며 물었다. 이미 손석호의 강권으로 손석호 팀의 팀원들은 퇴근한 상황, 유일하게 서보미만이 자리를 지키는 중이었다.

"아, 이것만 좀 더 보고 가려고요."

손석호가 흘깃 보니 벌써 팀 프로젝트 준비를 하는 듯했다. 손석호가 정한 주제는 추천, 구체적으로 머아웃의 업그레이드 버전을 만드는 것이었다.

이미 용호가 성능 튜닝을 해놓은 것을 좀 더 범용성 있게 만드는 작업을 프로젝트 주제로 삼았다.

"몸도 안 좋은데 일찍……"

말을 이어가던 손석호가 입을 꾹 다물었다. 본인 스스로 실수했다는 것을 알아차린 듯했다.

서보미의 이마가 살짝 찌푸려졌다가 빠르게 회복되었다. 이 정도는 실수 축에 속하지도 못한다. 그동안 받았던 설움과 모욕들에 비하면 일상의 대화였다.

"제가 생각보다는 튼튼해요."

서보미가 먼저 새하얀 팔뚝을 드러내 보이며 웃어 보였다. 손석호도 민망함에 더 이상 만류하지는 못했다.

"하하, 그래요. 무리하지 말고 일찍 들어가요. 야근 수당 청구하는 거 잊지 말고요."

손석호가 한쪽 구석에 앉아 있는 용호에게 들으라는 듯 말했다. 용호가 정한 원칙 중 하나였다.

회사에서 놀지만 않는다면, 즉 '일'을 하거나 '공부'를 하면 야근 수당을 지급한다. 이미 서보미도 들어서 알고 있었다.

"네! 알겠습니다."

서보미의 기운찬 대답에 손석호도 미소를 지으며 퇴근했다. 역삼역 테헤란로의 밤이 깊어만 갔다.

탁.

용호가 서보미의 책상에 샌드위치와 생과일 주스 하나를 내려놓으며 물었다.

"저녁 안 먹어요?"

"벌써 시간이……."

"뭘, 그렇게 열심히 봐요? 손 팀장님이 그렇게 일을 많이 시키는 분이 아닌데."

"시키신 게 아니라 그냥 제가 보는 겁니다. 사장님."

"먹고 해요. 자식 회사 보내놨더니 몸 상해서 돌아왔다는 소리 듣고 싶지는 않으니까."

"네, 잘 먹겠습니다."

이내 서보미는 다시 자리에 앉아 모니터에 집중했다. 용호가
사준 샌드위치를 한입 베어 물고, 꼭꼭 씹어 삼켰다.

드르륵.

드르르륵.

책상 위에 놓여 있던 서보미의 핸드폰이 진동하며 시선을 끌
었다. 지하철 막차 시간이 다 되었다고 알리는 중이었다.

서보미는 코드에 집중하느라 미처 알아차리지 못했는지 여
전히 모니터에서 눈을 떼지 않았다.

뒤에서 물끄러미 보던 용호가 인기척을 냈다.

"막차 시간 된 것 같은데."

핸드폰 화면에 알람 제목이 새겨져 있었다.

!!막차!!

"아!"

서보미도 핸드폰을 확인했는지 허둥지둥 짐을 챙겼다.

"같이 나가죠. 저도 막 퇴근하려던 참인데."

그제야 사무실 불이 꺼졌다.

용호는 무심코 지나쳤다. 전단지를 나눠주던 아주머니는 옆

에 서 있던 서보미에게는 내밀지도 않았다. 그러나 서보미가 먼저 손을 내밀었다.

"저, 한 장 주세요."

24시간 헬스장 모집 전단지, 별것도 아닌 전단지 한 장이었으나 서보미는 굳이 손을 내밀어 받았다.

뻘쭘하게 옆에 서 있던 용호도 한 장 받았다.

이내 둘은 지하철 입구로 들어갔고, 서보미의 집은 용호와는 정반대 방향이었다.

"그럼 저는 반대 방향이라 조심히 들어가세요."

"그, 그래요."

용호가 손에 들고 있던 전단지를 주머니에 구겨놓고는 어색하게 손을 흔들었다.

* * *

아침부터 신문이 시끄러웠다. KO통신의 개인 정보 유출 사건에 대한 수사 결과가 발표되었다.

하루 이틀 사이에 이루어진 범행이 아니었다. 오랜 시간 동안 개인 정보는 꾸준히 유출되었고, KO통신의 내부자도 개입되어 있었다.

용호는 의자에 앉아 펼쳐 보고 있던 신문을 접었다.

"뭐, 잘된 거겠지."

나대방의 형에게 들은 바로는 실형이 선고될 것 같다고 했다. 내부자였던 김원호도 징역 1년 6개월 정도의 실형이 선고될 예정이었다.

"어차피 자업자득이지."

신문을 접은 용호가 자리에서 일어났다.

슬슬 KO통신에 투입된 인원들을 정해야 했다. 일단 안병훈은 확정이었고, 그 외에도 함께 들어가 분석 및 설계를 할 인원이 필요했다.

"프리랜서를 고용하겠다는 말이지?"

"맞습니다."

"뭐, 나쁘지는 않은데… 프리랜서는 좀 불안하지 않을까? 책임감도 없고, 일도 대충 하려 하고. 일 시키는 것도……."

안병훈의 우려는 당연했다. 업계에서 생각하는 프리랜서는 대부분 일에 대한 책임감이 없다는 이미지가 형성되어 있었다.

한 회사에서 계속 일한다는 건 승진과 연봉 상승이 무형적으로 담보되어 있다.

그러한 보상을 바라고 정직원들은 묵묵히 일해 나간다. 하지만 프리랜서는 아니었다. 해당 프로젝트만 끝나면 다시는 얼굴을 보지 못하는 사이가 될 수도 있다.

무형의 보상은 없고, 지금 당장, 오늘이 중요했다.

"그거야 저희 회사와 계속 일을 하고 싶다고 생각하게끔 만들어주면 되는 일이니까요."

"어떻게?"

"야근 수당을 정확하게 지급하고, 수주받은 금액에서 수수료는 최소화하고, 법에 적시된 대로 유급 휴가를 지급하고."

용호의 말에도 안병훈의 안색은 풀릴 기미가 없었다. 용호가 말하는 것들을 몰라서 안 하는 것이 아니다.

알면서도 할 수 없는 상황이기 때문이다. 기존 요구 사항에 대한 변경이 밥 먹듯이 일어나고 그에 따라 수정되어야 할 사항들은 산더미처럼 쌓여 있다.

애초에 개발 일정부터가 빡빡하게 짜여 있어, 이러한 수정 사항이 생길 때면 야근은 필수였다.

IT 서비스업에서 대부분의 비용은 인건비에서 발생한다. 일정을 줄이면 인력 투입을 줄일 수 있고 이렇게 절약된 비용이 곧 수익으로 나타난다.

기업에서 빡빡한 일정을 요구하는 가장 큰 이유였다.

"몰라서 안 하는 게 아니잖아."

"하하, 그렇긴 하죠. 그런데 바뀔 겁니다. 이제 알면 해야 하는 상황이 올 겁니다."

폽.

옆에서 용호와 안병훈의 대화를 듣고 있던 배기태는 속으로 코웃음을 쳤다.

SI 경력만 10년, 그간 산전수전에 공중전까지 겪었다. 그런 자신이 볼 때 용호는 현실을 모르는 애송이였다.

야근은 기본.

갑을병정 아래로 내려갈수록 수수료가 떼여 최초 수주 금액의 50%를 받고 일하는 프리랜서도 수두룩했다.

개정된 SW 진흥법은 그나마 하도급 관행에 대해 많은 제한을 두고 있지만 공공기관으로 제한되어 있었다.

'알면 해야 하기는, 이거 괜히 이직했나 몰라.'

처음으로 약간의 후회가 밀려왔다. 기술력은 최고일지 몰라도 사장이 풋내를 풍기는 애송이였다.

수많은 벤처들이 최고의 기술력을 자랑하며 나타났다 사그라지는 데는 사장들의 역량도 한몫했다.

그 역량에서 중요한 건 영업, 그리고 영업은 곧 정치였다. 현실을 기반으로 사람들을 설득하는 능력이 있어야 했다.

그런 면에서 볼 때 배기태가 판단하는 용호는 0점이었다.

"KO통신이 과연 네 말대로 할지가 의문이다. 어차피 근래 일이 안 풀려서 KO 쪽 사업에 눈독 들이고 있는 데가 많은데… 이러다 계약이 꺾이기라도 하면 어떻게 하려고……."

"이미 저희와 계약을 파기할 수 있는 상태가 아닙니다. 저희한테 의존성이 생겼거든요."

"응?"

"우리가 없으면 KO통신도 없는 거죠."

안병훈은 선뜻 이해하지 못했다. 안병훈의 팀원으로 근처에 앉아 용호의 말에 귀를 쫑긋 세우고 있던 배기태도 이해 못 할 말에 속으로 중얼거렸다.

'뭔 말이야.'

그러나 용호의 말에 담긴 의미를 이해하고 있는 사람도 있었다. 비록 그 자리에 함께하고 있지는 않았지만.

매일 하는 업무가 바뀌었다. Fixbugs가 도입되기 전 출근해서 하는 일이 그날의 이슈 사항을 정리하고, 이슈에 대한 해결 일정을 정리하는 것이었다면 이제는 달랐다.

출근해서 하는 일의 대부분이 Fixbugs를 확인하는 것이었다.

"어제는 어땠어?"

"별일 없었습니다."

"하긴 매일 수정 사항이 생기기도 힘들지."

책상에 앉은 강성규가 Fixbugs 관리자 페이지에 접속했다. 100% HTML5로 작성된 홈페이지는 W3C(World Wide Web Consortium)의 프로토콜을 준수하도록 만들어진 브라우저라면 어디에서든 정상적으로 작동했다.

"흠… null 포인트는 처리했고, parsing도 해결됐고, SQL 성능 문제도 해결됐네."

그저 어떤 문제가 생겼었는지 확인하고, 확인한 사항에 대해 보고서를 작성하면 끝이었다.

이미 해당 기능 역시 구현되어 있었다. 강성규가 페이지 한쪽에 마련되어 있던 버튼을 클릭했다.

"보고서 생성."

버튼을 클릭하자 해당 버그 리포트에 대한 보고서가 생성되었다. 생성된 보고서는 사전에 설정해 놓은 관계자들에게 메일로 발송된다.

"그럼 오늘 일과 끝인가… 편하기는 한데."

아침에 출근하여 채 한 시간도 되지 않아 해야 할 일의 대부분이 끝나버렸다.

유지 보수 업무의 절반 이상을 차지하는 버그 수정, 남은 건 액수를 맞추기 위해 구겨넣은 간단한 기능 개발 몇 가지가 다였다. 그리고 나머지가 고객 응대였다.

Chapter 10
하나의 선례

1. 근무지 : KO통신 본사

2. 인원 : 00명

3. 프로젝트 : KO통신 유, 무선 통합 프로젝트

4. 계약 등급 : 초, 중, 고급

5. 투입 기간 : 즉시~미정(약 1년 예상)

6. 요구 사항

ㅡ기술 스킬 및 통신 업무 이해 능력

7. 기타 : Java, SQL, web 등

8. 특이 사항 : 야근 무(생길 시 수당 지급), 한 달에 한 번 정기 유급 휴가, 중간 수수료 5%

프리랜서들이 자주 들어가는 okasp.com 에 올라온 글이었다.

조회수 150k, 지금까지 듣도 보도 못한 조건이어서인지 댓글에서부터 갑론을박이 벌어지고 있었다.

맞다.

아니다.

지금 내가 계약했는데 맞다.

계약서 인증해 봐라.

이내 사이트에 사진 한 장이 올라왔다. 이름과 주민 번호는 지워져 있었고, 계약 조건이 선명하게 나오도록 사진이 찍혀 있었다.

실제 계약한 사진이 올라온 뒤로도 종종 악플이 달렸지만 대부분의 내용은 하나였다.

―저도 지원합니다.

그 밑에 무수히 달린 댓글들의 공통된 내용이었다.

*   *   *

가산디지털단지 인력 업체들은 발등에 불이 떨어졌다. 인원을 요청하는 갑, 을, 병의 위치에 있는 회사들에서 연락이 오고 있었지만 업체에 지원하는 프리랜서가 없었다.

"인력 구했어?"

"아직… 입니다."

"뭐야, 말한 지가 언젠데 아직까지 사람을 못 구했어?"

"……."

사장의 호통에 직원은 침묵으로 대응했다. 아무 말도 하지 않는 직원이 답답했는지 사장이 다시 물었다.

"KO통신 쪽에서 유지 보수 인력을 대거 '해고'해서 싸게 구할 수 있다면서, 그래서 세게 부르는 인간들은 다 잘랐잖아."

"그, 그게 다른 쪽에서 인력을 흡수하고 있습니다."

"그게 어딘데?"

"Fixbugs라고……."

"뭐야, 거긴."

"얼마 전에 KO통신 차세대 수주한 업체라고."

"모르겠고, 사람 못 구해서 계약 파기되면 너부터 자를 테니까 당장 구해와!"

비단 가산디지털단지에서만 벌어지는 일은 아니었다.

"계약 연장은 못 할 거 같습니다."

"아니, 지금 상황이 안 좋은데, 이렇게 일해놓고 나간다고 하면 어떡하자는 말입니까."

업체 사장의 말에 프리랜서가 기가 찬 듯 코웃음을 쳤다. 돈이 급해 어쩔 수 없이 들어왔지만 처음부터 이건 아니다 싶었다.

"병원 영안실에 컴퓨터 몇 대 놓고 개발하라고… 자리 옮겨 달라고 몇 번을 요청하지 않았습니까."

프리랜서는 몇 번이고 요청했다.

영안실에서 개발하는 건 아니다. 자리를 옮겨 달라.

업체 사장도 몇 번이고 말했다.

병원 측에 말해서 자리를 바꿔주겠다. 지금은 공간이 없어서 그러니 조금만 기다려 달라.

한 번도 프리랜서의 입장에서 말한 적은 없었다.

양해와 양보는 프리랜서가 해야 했고, 그렇게 생겨난 이득은 업체 사장의 몫이었다.

"그래서 결국 안 하겠다?"

"이미 다른 곳에 며칠 뒤부터 출근하기로 해서요. 어차피 계약도 끝나지 않았습니까."

"허, 정말. 그게 어딥니까?"

"Fixbugs라는 업체와 계약했습니다."

업체 사장은 고개를 갸우뚱했다. 들어본 적이 없는 업체였다. 워낙 많은 업체가 하루에도 생겼다가 폐업하는 업계다. 그저 그런 곳들 중 하나라고 생각했다.

*　　　　　*　　　　　*

SW 진흥법 개정안이 상정되었을 때 가장 반발한 건 이미 기존에 기득권을 가진 IT 서비스 업체들이었다.

몇몇 업체들의 사장은 이런 말까지 하며 개정안을 반대했다.

IT 서비스는 일반 사업과는 궤를 달리한다. 재하도급 시 95%의 가격 제한을 두는 건 고부가가치인 IT를 모독하는 것이다.

결국 중간에서 더 많은 수수료를 떼겠다는 것이다. 상정된 수정안은 다시 수정되어 95%라는 수치는 사라졌다. 그리고 들어간 것이 하도급 받은 일의 50% 이상을 재하도급 할 수 없다는 것이다.

하지만 이것도 전 영역에 적용된 건 아니다.

공공기관에서 발주하는 사업에만 적용되는 것이다. 더구나 5% 이상 수수료를 뗄 수 없다는 규정은 삭제된 상황이다.

용호가 내건 조건은 어쩌면 그래서 더 의미가 있을 수 있었다.

업계의 관행을 바꾸는 첫 발이 될 수 있었다.

"…야근 수당도 지급하라?"

이미 계약서에 사인한 상황, 용호의 말은 계약 조건을 수정하자는 말이었다.

계약을 해주는 '갑'사가 요청을 하는 경우는 있어도 '을'사에서 이런 요청을 하는 경우는 없었다.

"그때는 미처 확인을 못 했는지, 지금 확인해 보니 유급 휴가나 각종 야근 수당에 대한 말이 빠져 있더군요. 저는 당연히 들어가 있을 거라 생각했는데 말이죠."

"허, 참……."

이두희는 어이가 없다는 듯 실소를 터뜨렸다. 자사 직원들에게도 유명무실한 야근 수당이다.

유명 대기업들도 제도는 있지만 제대로 활용하는 곳은 없다.

야근 수당 신청을 하는 순간 그 인원은 능력이 없는 사람으로 낙인찍힌다.

신청을 한다고 해서 법적으로 정해진 수당을 주지도 않는다.

그저 택시비 하라며 3만 원가량 주는 게 다였다.

그런데 '을' 사에서 '갑'사에 계약 조건을 변경해 달라는 요청을 한 것이다.

지금까지 단 한 번도 없었던 일이다.

"허, 참… 아무래도 계약은 힘들어질 것 같습니다."

소식을 전해 들은 허지훈도 혀를 찼다. 이제야 매출이 생기고 일이 좀 진행되나 싶었던 정단비의 얼굴에도 먹구름이 잔뜩 끼었다.

"…그렇게 힘든 건가요?"

"당연하죠. 지금까지 없었던 일입니다. 계약 조건을 변경하는 것도 그렇고, 야근 수당? 참 나. 무슨 생각으로 그런 걸 들이대는지."

"……."

생각을 할수록 어이가 없는지 허지훈이 열변을 토했다.

"사장님도 아시잖아요. 소프트웨어 업계는 고용 계약서부터가 달라요. 그래서 시간 외 근로를 하면 다음 날 늦게 출근하기도 하고요."

"…그렇기야 하지만……."

"이건 이용호 씨의 명백한 실수네요. 계약은 물 건너갔다고밖에 볼 수가 없어요."

정단비도 인정하는 바였기에 반박하기 힘들었다. 처음 용호가 계약 조건을 변경하기 위해 KO통신을 찾아간다고 할 때 자신도 말렸다.

하지만 무슨 자신감인지 용호는 끝까지 주장을 굽히지 않고 결국 '일'을 저질러 버렸다.

정단비로서도 답답할 노릇이었다.

"그래서 계약을 파기해야 할 것 같다고?"

"네. 너무 무리한 요구라… 만약 부가 조건을 달면 최소 100억 이상이 더 소요됩니다."

"…흠."

이두희의 보고에 고진성도 침음을 삼킬 수밖에 없었다. 기껏 계약을 잘 해놓고 왜 이러는지 이해가 가지 않았다.

이제 막 계약을 마치고 일을 시작하려 하는데 굳이 이런 분

란을 왜 일으키는 것인가?

이럴 거면 애초에 계약할 때부터 말을 할 것이지 계약을 모두 끝마치고 난 뒤에야 이러는 이유는 또 무엇인가?

"어떻게 할까요?

이두희가 한 번 더 물었다. 자신이 총책임자이지만 이 정도 규모의 사안에 대해 마음대로 결정할 권한을 가지고 있지는 않았다.

앞으로 KO통신의 10년을 설계하는 일이다.

결정권자는 회장이어야 했다.

"……."

고진성도 쉬이 결정하기 힘든 듯 보였다. 눈을 감은 채 아무런 대답을 하지 않았다.

안병훈으로서는 답답할 노릇이었다. 그깟 야근 수당 몇 푼이나 된다고 이렇게까지 집착하는지 알 수가 없었다.

"아니, 야근 수당에 왜 그렇게 집착하시는 겁니까?"

그렇게 만류했건만 결국 일을 저지르고 왔다. 자그마치 1,000억 짜리 일감이 날아갈 수도 있다. 지금까지 뽑은 인원들과 일용직 계약서를 작성한 프리랜서들과의 계약을 해지해야 할지도 몰랐다.

그랬음에도 용호는 태평하기만 했다.

"집착… 일까요?"

"그럼 도대체 뭐예요. 이럴 거면 애초에 계약을 하지 말던가.

계약하고 나서, 뒤늦게야 계약을 변경하겠다고 하다니요. 이건 그저 어린아이가 '떼'쓰는 것에 불과합니다."

안병훈은 자신과 평생을 함께할 회사라 생각했는지 더욱 격앙되어 보였다.

앞으로의 미래를 용호에게 맡겼다. 그런데 시작부터 이렇게 삐걱거리다니, 그저 답답하기만 했다.

"안 부장님도 잘 아실 겁니다. 프리랜서들이 계약서를 작성하면 업체 사장들은 밥 먹듯이 계약서를 변경하죠. 이틀만 더 일해 달라. 지금 작성한 임금에서 조금만 깎자. 이 일도 조금만 더 해달라."

"……."

안병훈도 알고 있다. 관행처럼 행해왔던 일들이다.

때로는 강압적으로, 때로는 인간 사이의 정이라는 이름으로 항상 양해와 양보를 해주어야 했던 건 이름 모를 '무수리'들이었다.

"그렇게 하다 보면 어느새 야근을 하고 있고, 계약 일정보다 일주일씩 프로젝트에 남아 있는 건 예사죠. 계약 내용이 지켜지질 않아요."

"하아… 그거야……."

"어쩔 수 없는 일이다. 그런 '말' 듣자고 이 고생하고 있는 거 아닙니다. 저는 경종을 울리고 싶어요. 왜 항상 당해야만 합니까. 계약이라는 건 쌍방이 지켜야 하는 거 아닌가요? 계약이라는 건 액수와 규모에 상관없이 지켜져야 하는 거… 아닌가요?

한국에서 이해할 수 없었던 이런 관행들이 미국에서는 철저하게 지켜지고 있었어요. 일정에 없었던 일이 추가되면 그만큼의 임금이 지불되고, 야근을 하게 되면 정당하게 임금을 받고, 그때마다 계약서도 변경되었습니다."

"사장님, 여기는 한국입니다."

격앙되어 있던 안병훈의 목소리도 잦아들었다. 평소에는 잘 하지 않는 '사장님'이라는 호칭까지 붙였다.

혹시나 흥분한 자신이 실수를 할까 스스로 조심하는 듯 보였다.

"맞아요, 한국입니다. 제가 태어나고 자란 한국이죠. 그래서 더욱 이러는 겁니다. 한국이 잘 되기를 바라는 마음이에요. 그리고 그 속에서 일하는 개발자들이 더욱 좋은 환경에서 일하기 바랍니다."

용호의 굳건한 의지를 읽었는지 안병훈도 더 이상 반박하지 못했다. 용호가 그런 안병훈을 달래듯이 말을 이었다.

"역지사지라는 말 잘 아실 거예요. 지금 제가 하는 일들이 불합리하다, 미친 짓이라 생각하는 사람들은 지금부터라도 스스로를 되돌아봐야 할 겁니다. 그러라고 일부러 이러는 것도 있고요. 그럼에도 불구하고 바뀌는 게 없다면 할 수 없죠. 구조가 잘못된 프로그램은 수정하는 것보다 처음부터 다시 만드는 게 빠르듯이 모든 걸 새롭게 시작하도록 할 거예요."

"……"

안병훈은 이제 의심스러운 눈으로 용호를 바라보았다. 용호의 실력을 모르는 건 아니다.

실리콘밸리에서 용호의 회사가 어떤 위치에 있는지도 알고 있다.

그 모든 걸 알기 때문에 이직을 더욱 쉽게 결정할 수 있었다.

하지만 용호가 말하고 있는 바는 그 이상이었다.

마치 세상을 바꾸겠다는 말처럼 들렸다.

"저는 힘이 있습니다."

묵직한 한마디였다.

힘이 없더라도 힘이 있다고 믿게끔 만드는 마법이 걸려 있는 듯했다.

하지만 진실이다. 용호에게는 누구도 모르는 힘이 있다.

버그를 볼 수 있는 힘, 그리고 세계 최고의 프로그래머들이 옆에서 함께해 주고 있다.

바꿀 수 있다. 그게 무엇이든.

*　　　　*　　　　*

지금 시간이 저녁 8시, 두 남녀가 소파에 앉아 TV를 보고 있었다. 8시에 집에서 저녁을 먹고 TV를 본다는 건 평소 다른 회사를 다닐 때 같았으면 상상도 할 수 없었을 것이다.

"진짜 그랬다니까."

배기태의 어이없다는 말투에 아내가 이상하다는 눈빛으로

배기태를 바라보았다.

"그러면 좋은 거 아니에요? 사장님이 마음이 넓다는 거잖아요. 당신 이렇게 이른 시간에 퇴근해 본 적이 있긴 해요?"

잠시 주춤거리던 배기태가 애써 궁색한 변명거리를 찾아냈다.

"…좋기는 무슨, 물러 터진 거지. 그래서 어떻게 사업을 하겠다는 건지 쯧."

배기태는 영 마음에 들지 않는다는 듯 혀를 찼다. 함께 이야기를 나누던 아내가 아쉽다는 듯 중얼거렸다.

"나는 오랜만에 이렇게 당신이랑 오붓하게 앉아서 TV도 보고 이야기도 나누고 하니까 좋은데… 당신은 아닌가 보네. 일이 좋으면 지금이라도 출근하세요."

아내는 배기태가 먹으려고 집어 들던 사과 한 조각을 손으로 쳐서 떨어뜨려 놓고선 찬바람이 일도록 자리에서 일어나 버렸다.

"여, 여보!"

쾅!

배기태의 애타는 부름에 대한 아내의 응답이었다.

모두가 퇴근한 늦은 밤.

용호는 사무실을 떠나지 않았다.

낮에 안병훈에게 보였던 자신감을 다시금 확인하기 위해서였다.

"어때? 내 말이 맞지?"

자리에 앉아 있던 카스퍼스키가 고개를 끄덕였다.

"애초에 이런 실수를 한다는 게 말이 안 되기는 하지만… 뭐, 우리로서야 좋은 일이지."

용호와 카스퍼스키가 같은 화면을 보고 있었다. KO통신 하드웨어 곳곳에 퍼져 있는 Fixbugs agent들이 보내오는 버그 리포트에는 다양한 정보들이 담겨 있었다.

용호가 주목하고 있는 건 그중 하나인 로그 시스템이었다.

"빅데이터, 빅데이터 하니까. 무작정 데이터를 수집해서 분석할 생각이었나 본데, 데이브가 봤으면 한바탕 욕을 했겠어."

로그, 일종의 기록이다.

프로그램이 현재 어떤 상태인지 기록하여 버그를 추적하듯이 통신사에는 다양한 데이터들이 로그 형태로 남는다.

그러한 로그들은 대부분 네 가지의 레벨로 나뉜다.

시스템이 뻗기 직전이라는 fatal, 오류가 생겼다는 error, 간략한 정보를 보여주는 info, 시작과 끝을 전부 기록하는 debug 모드.

이러한 단계 말고도 좀 더 상세하게 나눌 수 있기도 하다.

상세하게 나눌수록 더 많은 데이터가 쌓인다. 그리고 빅데이터가 화두인 시대, 대부분이 기업이 더 많은 데이터를 쌓기 위해 혈안이 되어 있었다.

KO통신도 예외는 아니었다.

"만약 debug 모드로 전환되면… 채 한 시간도 버티지 못할 거 같은데."

그중 가장 많은 양은 사용자의 통신 기록, 그 안에서도 기지국 접속 정보였다.

사용자가 이동하며 수시로 전국에 설치되어 있는 기지국에 접속했다가, 다시 다른 기지국으로 접속한다.

이 모든 정보가 기록되고 있는 것이다.

그런데 그 정보를 더 상세하게 저장한다?

특별한 방법을 사용하지 않는다면 스토리지가 남아나지 않을 것이다.

"일단 수정하게 하지 말고 킵 해놔."

모든 Fixbugs agent는 중앙 서버에서 상태 관리가 가능했다.

버그 발생 대비 몇 퍼센트를 수정할 것인지, 어떤 버그가 발생한 것인지 등을 확인하고 조절할 수 있도록 한 것이다.

앞으로 과금 정책을 위한 용호의 아이디어였다.

"알았다. 그럼 이제 게임하러 가도 되지?"

"…허구한 날 하여간."

"소환사의 협곡이 날 부르고 있다."

"……."

카스퍼스키의 그 한마디에 용호는 할 말을 잃고 말았다.

*   *   *

KO통신 본사 회의실.

장고 끝에 악수를 둔다고 했다. 고진성은 장고 끝에 결정을 내렸다.

선례를 만들 수는 없다.

만약 계약 변경이 이루어지고, 용호가 말한 조건들이 그대로 반영된다면 앞으로 사업 활동을 영위하기가 힘들어진다.

사내 시스템의 대부분이 외주로 돌아가고 있는 실정이다. 그런 상태에서 외주 협력사에게 퍼주기 식 정책을 펼친다면 뒷일은 보지 않아도 뻔했다.

정체되어 있는 통신 시장에서 수익은 더욱 악화될 것이고, 자신도 옷을 벗어야 할 것이다.

"만약 자네가 정 그 조건들을 넣어야 한다면… 계약을 파기하는 쪽으로 가야 할 듯하네. 그리고 아마 위약금도 물어야 할 거야."

반대편에 앉아 있던 용호가 주머니에서 초콜릿을 하나 꺼내 입에 물었다. 그러고는 앞에 놓여 있던 커피를 입에 가져다 댔다.

"사내 법무팀에서도 지금까지 이런 경우는 없다고 하니, 나로서도 어쩔 수가 없네. 협력사를 생각하는 자네 마음은 충분히 알았네만, 이 정도에서 그만하도록 하지."

"시작한 게 없는데 그만하다니요. 어쨌든 회장님의 의중은 잘 알았습니다. 위약금까지 물어야 한다고 말씀하시니 계약 파기는 무리겠고……."

"만약 자네가 정 계약을 파기해야겠다면 위약금 문제는 내 선에서 조용히 해결할 수도 있네."

"아닙니다. 어렵게 잡은 기회인데 계약 파기하면 안 되죠. 그 대로 진행하시죠."

"흠⋯⋯."

고진성은 살짝 놀란 듯 보였다. 용호가 이리 쉽게 포기할 줄은 몰랐다. 이렇게 빠르게 수긍할 일을 괜히 고민했나 싶은 약간의 후회도 밀려왔다.

"그럼 먼저 일어나 보겠습니다."

용호는 미련이 없다는 듯 자리에서 일어났다. 수정을 할 수 없으니 새롭게 만들어야 할 시간이다.

*　　　*　　　*

조용한 오후 시간이다. 평일이었지만 마치 주말 같은 여유가 흐르고 있었다. 강성규는 동료들과 커피 한 잔을 마시고 있었다.

미칠 듯한 알람이 울리기 전까지는.

"뭔데? 무슨 일인데 이렇게 메일이 1분마다 오는 거야."

계속해서 울려대는 핸드폰을 확인한 강성규가 헐레벌떡 사무실로 뛰어들어 왔다.

"그, 그게 Fixbugs에서도 해결을 못 하겠다고, 그런데 에러 등급이 fatal입니다."

"뭐야? 미친! 빨리 확인해 봐!"

fatal, 시스템이 곧 다운돼도 이상할 것이 없는 에러가 발생했다는 뜻이다. 강성규는 급한 마음에 자신도 모르게 언성을 높였다.

그런 강성규의 급한 맘도 모른 채 직원은 어쩔 줄을 몰라 했다.

"그, 그게 제대로 인수인계를 받지 못해서 이게 봐도 무슨 내용인지……"

"……"

"공부를 한다고 했는데, 죄, 죄송합니다."

강성규는 어이가 없어 말도 제대로 나오지 않았다.

"인수인계를 안 받아? 사수가 누군데?"

"…정 대리님."

"그럼 정 대리한테 전화라도 해야 할 거 아냐!"

그 순간에도 안내 메일은 메일함을 가득 채울 기세로 쏟아져 나왔다.

버그가 해결되지 않으면 메일이 계속 발송되도록 설정해 놓은 탓이었다.

문제는 비단 강성규 팀만의 문제가 아니라는 사실이었다.

우후죽순으로 문제가 터지고 있었다. KO통신은 바로 Fixbugs로 항의 전화를 걸어왔다.

"확인하는 데 시간이 필요합니다."

"시간이 없다고!"

"저희 프로그램이 문제를 일으킨 것도 아니지 않습니까. 계약대로 발생한 문제에 대해 1년에 80% 해결하는 중입니다. 지금까지는 계약 조건을 달성했고요. 그런데 왜 저희한테 그러시는지 도통 이해가 안 갑니다만."

용호는 직접 KO통신에서 걸려오는 전화를 받았다.

마치 전화가 걸려올 것을 미리 알고 있기라도 한 것처럼 침착했다.

"어찌 됐든 와서 확인해 주십시오. 지금 Fixbugs에서 계속 시스템에 에러가 있다고 안내를 하고 있다고요."

"그러면 담당 개발자들에게 해결하라고 전화를 해야지, 저한테 전화해서 어쩌자는 건지… 이러실 거면 전화를 끊으시죠."

"……."

용호의 말에 담당자는 아무 말도 하지 못했다. 하나같이 틀린 말이 없었다.

"할 말 없으면 업무가 있어서 먼저 끊겠습니다."

용호가 전화를 끊기도 전에 인터넷은 KO통신에서 발생한 시스템 다운으로 도배되어 갔다.

실시간 검색어 1위, 시스템 다운.

현재 인터넷을 지배하고 있는 단어였다.

요금을 확인하기 위해 KO통신 홈페이지 들어간 고객들이 마주한 것이 바로 시스템 다운 안내 문구였다.

현재 악성코드에 의한 시스템 다운 현상이 발생하고 있습니다. 불편을 드려 죄송합니다. 빠른 시일 내에 복구토록 하겠습니다.

요금 확인이 문제가 아니었다. 멤버십 포인트 사용도 되지 않았고, 지도나 앱 마켓도 같은 현상을 일으키고 있었다.

극도의 혼란은 시간이 지날수록 잠잠해지기는커녕 오히려 불처럼 번져만 갔다.

불을 끄기에는 당장 경험 있는 인력이 부족했다.

"강 과장님, 아직도 해결 못 한 겁니까?"

노준우도 스트레스로 머리를 쥐어 잡고 있었다. 강성규는 머리를 쥐어 짜내고 있었지만 제대로 해결하지 못했다. 전체적인 시스템 구조는 알고 있었지만 코드 레벨까지 상세하게 알지는 못했다.

문제를 해결하기 위해서는 코드를 수정해야 한다. 그게 안 되는 것이다.

"죄, 죄송합니다."

"죄송하고말고! 당장 사람을 부르든 당신이 해결을 하든 정상화시켜 놓으란 말입니다!"

노준우의 고성도 사무실에서는 제대로 힘을 발휘하지 못했다.

이 정도의 고성은 고성 축에도 끼지 못했다. 협력사를 까는 소리와 협력사 직원이 자사의 직원을 재촉하는 소리로 사무실은 마치 강남역 새벽 2시 클럽처럼 시끌벅적거렸다.

전화를 끊은 용호가 의미심장한 눈빛으로 카스퍼스키를 바라보았다.

"그럼 부산부터 시작할까?"

"귀찮은데 한 번에 다 해."

카스퍼스키는 게임을 하다 말고 와서 급한 듯 보였다. 한시바삐 일을 마치고 다시 PC방으로 가고 싶은 눈치였다.

"그러면 일이 너무 커져."

"이미 충분히 커진 거 아닌가?"

일견 타당한 말이었다. 그러나 용호의 생각은 조금 달랐다. 숨 쉴 구멍은 만들어줘야 한다. 그렇지 않으면 죽자 살자 달려들 수도 있다. 가랑비에 바짓단 젖듯이 해야 한다.

"커지기는, 그저 한 숟갈 나눠 먹자는 건데. 이 정도는 일도 아니지."

대화를 마치고 얼마 지나지 않아 KO통신 기지국 접속 정보를 저장하는 스토리지가 폭증하기 시작했다.

말 그대로 폭증.

NoSQL.

소위 말하는 Not Only SQL을 사용하여 저장하고 있음에도 쉬이 감당할 수 있는 양이 아니었다.

더군다나 fatal 에러로 정신이 없는 상황이다. 조용하지만 착실하게 로그들이 스토리지를 점령하기 시작했다.

부산 기지국.

대부분의 스토리지는 일정 수준 이상 사용되면 알람이 오게
되어 있다. 로그를 저장하는 스토리지 역시 마찬가지였다.

띠리리리. 띠리리리.

계속해서 경고음이 울려댔다. 한마디로 난장판이었다.

"그냥 랜선을 뽑아버려!"

"그, 그러면 기지국은 어떻게 합니까."

"확인해 봤는데 오류 처리되어 있다고 했다니까!"

고객의 통신은 그 무엇보다 중요하다. 어떤 오류가 발생해도
통화 품질에 이상이 생겨서는 안 된다.

그건 로그가 쌓이지 않는다 해도 마찬가지였다. 그러나 로
그와 함께 쌓이는 또 하나의 정보가 있었다.

"그, 그러면 데이터 사용 정보도 기록이 안 되는데요……."

"뭐?"

"말씀 못 들으셨어요? 얼마 전에 나가신 사수가 그런 말씀을
하신 적이 있었는데……."

"…옷 벗을 준비나 해라."

털썩.

남자가 포기했다는 듯 그저 자리에 주저앉아 버렸다. 미친
듯이 울려대던 핸드폰도 멈추어 버렸다.

×.

남자의 핸드폰 오른쪽 상단 LTE라고 쓰여 있는 글자에 나타난 조그마한 표식이었다. ×는 연결이 되지 않는다는 표식이다. 통화도, 데이터도 사용할 수 없다.

그사이에도 debug 레벨의 로그들이 스토리지를 잠식해 나갔다.

『코더 이용호』 8권에 계속…